KB153555

반려견문록

반려견문록

초판 1쇄 인쇄 2019년 10월 15일

지은이 최현주
펴낸이 김태수
디자인 정다희
펴낸곳 엑스오북스
출판등록 2012년 1월 16일(제25100-2012-11호)
주소 경북 김천시 개령면 서부1길 15-24
전화 02-2651-3400

ISBN 978-89-98266-26-4 03810

이 도서의 국립중앙도서관 출판예정도서목록(CIP)은
서지정보유통지원시스템 홈페이지(http://seoji.nl.go.kr)와
국가자료종합목록 구축시스템(http://kolis-net.nl.go.kr)에서
이용하실 수 있습니다.(CIP제어번호 : CIP2019034311)

내 개는 알고 나는 몰랐던 것들

반려 견문록

최현주 지음

목차

만약에 네가 사람의 말을 딱 한마디만 할 수 있다면

무슨 말을 하고 싶니?

01

프롤로그

문 안에서

문이 닫혔다.

혼자 남았다.

닫힌 문을 바라보며 한동안 그대로 서있었다. 무엇을 해야 할지 몰라서.

'적막(寂寞)'이라는 두 음절의 한자어에 집을 뜻하는 갓머리(宀)가 둘이나 들어있는 이유를 알겠다. 집 안에 아무도 없는 것이 적막이다. 집 안에 아무도 없는데, 나 혼자 있는 것, 그것이 외로움이다. 사람의 언어란 참 절묘하구나.

문 밖에서

삐삐삐삐삐삐삐 삑.

정확하게 3.23초 만에 일곱 번 연속으로 버튼음이 울리고 0.7초 후에 여덟 번째 음이 울린다. 곧 문이 열릴 것이다. 문이 열리기 전, 나는 이미 몸을 일으킨다. 지금 문밖에 와있는 사람이 누구인지 안다. 그가 문 앞에 도착하기 30초 전부터 발소리를 알아듣는다. 그의 발소리는 다른 사람들 것과 쉽게 구별된다. 사람들은 발소리에 저마다의 체취를 갖고 있기 때문이다. 하이힐을 신을 때, 굽 낮은 구두를 신을 때, 샌들이나 운동화를 신을 때. 발소리의 진동과 리듬이 조금씩 달라지긴 해도 발소리의 체취만은 일정하다. 체취가 흔들리는 건 발소리의 주인이 술에 몹시 취했을 때뿐인데, 그것도 몇 번 듣고 나면 평소와 크게 다르지 않다는 걸 알 수 있다. 오늘은 납작신발이다. 10월 하늘의 비단구름처럼 가볍다.

엘리베이터에서 내린 그가 다섯 발자국을 걸어왔을 때 나는 귀를 쫑긋 세웠다. 하루에 수도 없이 열리고 닫히는 엘리베이터에서 아파트 복도 끝 집을 향해 걸어오는 사람들은 대개 택배상자를 배달하는 이들이다. 그들은 늘 서두르기 때문에 옆집이나 그 옆집 사람들과는 다른 발소리를 갖고 있다. 옆집에 사는 여섯 살 소녀와 아이 엄마가 내는 발자국 소리를 나는 분간할 수 있다. 두 여자들보다 일찍 나가고 조금 늦게 들어오는 그 집 남자의 발소리에는 별 관심이 없다. 그런 걸 다 알아채는 것은 사실 무척이나 피곤한 일이지만, 감각이 예민하게 태어난 나의 운명을 탓하고 싶지는 않다.

발소리가 문 앞에 멈출 때까지 가만히 기다리고 있다가 일곱 번째 버튼이 울리는 바로 그 순간에 나는 몸을 일으킨다. 그보다 한 박자 빨라도 안 되고 그보다 한 박자 늦어도 안 된다. 그가 들어오는 순간 내가 그를 맞으러 달려가는 모습을 보여주고 싶기 때문이다. 미리 마중 나와 기다리고 있는 모습을 보여주는 것은 싫다. 그가 현관 안에 몸을 다 들여놓았는데 그제야 슬금슬금 나오는 것을 보여주는 것도 싫다. 종일 기다렸다는 티를 내는 것은 서로에게 우울하고, 마중 나오는 것을 잊거나 귀찮다는 기색을 내는 것은 서로 서운한 일이니까.

드디어 문이 열렸다. 현관 안에 들어서서 그는 일부러 멈춰 선다. 그리고 내 이름을 부른다.

"보리야, 나 왔어."

현관 앞까지 뛰어갔던 나는 재빨리 뒤돌아서서 다시 집 안으로 뛰어 들어온다. 그리고 다시 뛰어 나간다. 그가 외출했다 돌아올 때면 언제나 똑같은 세리머니가 반복된다. 집 안으로 들어온 그는 나를 번쩍 안아 올린다. 우리는 오랫동안 헤어져 있었던 것처럼 부둥켜안고 얼굴을 비빈다. 나는 그가 돌아온 것이 반갑고 그의 옷에서 날마다 조금씩 달라지는 바깥 공기 냄새를 맡는 것이 좋다. 14년 동안 늘 그랬다.

02

이름을 짓다

강아지 이름은 왜 죄다 먹는 것들일까?

이미 짐작했겠지만, 녀석의 이름은 '보리'다. 나는 적어도 30개는 되는 이름 목록을 갖고 있었다. 그중 적용 가능한 것은 5개쯤이었고, 마지막까지 남은 것은 2개였다. 하나는 '보리'고 또 하나는 '선비'. 이 이름들은 내가 30대 초반부터 하나씩 수집해둔 것이다. 문득 떠올랐던 것도 있고 어디선가 보고 조금 변형한 것들도 있다. 이 이름들을 모아둔 것은 50퍼센트는 나도 모르게 카피라이터란 직업의식이 발동해서 그랬던 것이고, 30퍼센트는 재미삼아, 나머지 20퍼센트는 장래의 어느 날을 위해서였다.

들, 강, 산, 숲, 풀, 별은, 목은, 한서, 은제, 은결, 은목, 어진, 하완, 수제, 담희, 보리, 선비.......한 음절 이름들은 이 씨 성에 어울릴 것이고, 별은과 목은은 이왕이면 서 씨 성이 어울릴 것이다. 보리는 윤 씨여야 하고, 선비는 한 씨여야 멋지다. 식영정, 소쇄원, 명옥헌, 송강정 등 담양의 정자 이름 앞 글자를 따서 식, 소, 명, 송 같은 이름도 적어놓았다. 이런 이름들은 성이 무엇이냐에 따라 부르는 맛이 완전히 달라질 것이다. 만약 내가 아이의 이름을 지을 때 별 고민을 하지 않고자 했다면, 이 씨 성을 가진 남자와 결혼하면 될 터였다. 줄줄이 아이 다섯 명쯤은 거뜬하게 이름을 지을 수 있었을 테니까.

윤보리, 한선비. 그러니까 이 이름들은 언젠가 내가 아이를 낳게 되면 지어줄 이름들이었다. 배우자가 어떤 성을 갖게 될지 알 수 없었으므로 나는 생각나는 대로 이름들을 수첩에 적어두었다. 침대처럼 커다랗고 묵직한 원목책상, 딱 책 한 권 공책 한 권 올려놓을 만한 창문 앞 조그만 앉은뱅이책상, 종이 위에서 미끄러지지 않고 지면을 살짝 긁는 약간은 거친 펜촉 감을 가진 초록색 만년필, 붉은 원목 받침이 있는 황금색 지구본, 커다란 닭갈비 프라이팬, 가정용 생맥주 기계, 천체망원경과 니콘카메라.......이런 혼수 목록을 만들어두었듯이, 서른 두어 살 무렵 나는 당장 쓸모도 없는 별별 생각을 하고, 그걸 기록해두면서 내 인생의 방향을 더듬더듬 모색해보는 그런 재미에 빠져 있었다. 그로부터 몇 년 후 내 장래 아이들 이름 목록에서 가장 아끼는 것 중 하나인 보리라는 이름을 꺼내, 녀석에게 붙여주었던 거다.

나는 보리라는 이름의 뜻과 어감은 물론 희소성에 내심 만족했다. 하지만 이 이름이 결코 희소하지 않다는 것을 알아버리는 데는 오랜 시간이 걸리지 않았다. 동물병원에서 보리라는 이름을 가진 강아지들을 여럿 만났다. 나중에는 지인들의 강아지 이름에도 보리가 등장했다. 그건 다 김훈 작가의 소설 『개』의 영향일 거라 생각했다. 주인공 녀석 이름이 하필 보리였으니까.

사실 그 책은 내 작명 시점보다는 몇 달 늦게 나왔다. 아이의 이름으로 보리를 생각해둔 것까지 치면 수년은 더 내가 빨랐을 것이다. 아무도 묻지 않는데도 나는 굳이 보리란 이름의 원저자가 나라는 것을 내심 혼자 주장하곤 했다. 마치 세상에서 일어난 일들을 죄다 지켜볼 수 있는 새로운 문명기기를 발명한답시고 두문불출 연구만 하던 발명가가 드디어 성공해 거리로 뛰쳐나왔더니, 사람들이 이미 다 텔레비전을 보고 있더라는 이야기(페터 빅셀(Peter Bichsel)의 『책상은 책상이다』 중 '발명가')처럼 되어버린 셈이 되었지만 말이다.

나는 녀석에게 유명 소설가가 쓴 이름이나 남들이 흔히 쓰는 이름이 아니라, 녀석만이 가질 수 있는 특별한 이름을 붙여주고 싶었다. 보리란 이름은 많은 강아지 이름들 중에서 아무렇게나 하나를 골라낸 것이 아니란 말이야. 나는 보리에게 몇 번이나 말해주었다.

게다가 누군가 이름을 물어올 때면 쌀, 보리의 그 보리라고 대답하곤 했으나 실은 산스크리트어 '보디사트바(Bodhisattva)'의 그 보리다. 음역하면 보리살타(菩提薩埵), 우리말로 쉽게 하면 보살이다. 그러니까 녀석은 '깨달은' 존재로 내게 왔다. 내가 만난 강아지 중에 이렇게 심오한 이름을 가진 강아지는 절집에서 만난 진돗개 반야(般若)밖에 없었다. 최근 반려견 이름 중 보리가 2위를 차지했다는 뉴스를 듣고 놀라긴 했지만, 세상의 수많은 보리 중에 '菩提'라는 이름을 가진 강아지는 지금도 흔치 않을 거다.

만난 날이 태어난 날

녀석이 내게 온 건 2005년을 나흘 앞둔 날이었다. 태어난 지 1년'쯤' 되었다고 했으니 꼭 한 살이었는지 23개월이나 살았는지는 알 수 없었다.

녀석과의 인연은 엄마에게서 온 한 통의 전화로부터 시작됐다. 너, 강아지 키우고 싶다고 했지? 엄마 친구 분이 한 달 전쯤에 얻어 들인 강아지인데, 그 집 딸에게 개털 알레르기가 있는 걸 몰랐다고, 아무래도 안 되겠다 싶어 다시 녀석을 보낼 집을 찾고 있다고 했다.

견종이 무엇인지도 묻지 않고 나는 냉큼 강아지를 받으러 갔다. 녀석이 요크셔테리어라는 건 첫 대면을 하고 나서야 알았다. 까만 털이 덥수룩했다. 요크셔테리어는 털이 고불고불 귀공자 태가 나는 견종 아니었나? 잘만 빗어주고 관리했으면 특유의 멋진 모양새가 나왔을 텐데, 온몸에 털이 수북이 자란데다가 손질이 전혀 안 되어 꼴이 영 말이 아니었다.

그래도 나는 녀석을 받아왔다. 자초지종을 따지지 않고 대뜸 집에 데려온 것은 그때까지만 해도 강아지를 키우는 일이 어떤 건지 전혀 모르고 있었기 때문이다. 모르면 용감한 법이다.

첫 대면을 하는데 녀석은 신상에 변동이 있을 것을 눈치 챘는지 포도

알처럼 동그랗고 까만 눈동자를 조심스럽게 굴리면서 경계의 눈초리로 나를 쳐다보았다. 그리고 캥캥 짖어댔다. 첫인사 치고는 점잖은 편은 못됐다.

나는 녀석을 안고 동네 동물병원부터 갔다. 덥수룩한 털을 그대로 둘 수 없어서 조금 자르고 예쁘게 빗겨달라고 했다. 그러나 털이 엉킬 대로 엉켜버린 터라 빗질로는 턱도 없어 털을 바짝 밀기로 했다. 한 시간 뒤 미용을 끝낸 녀석은 아주 딴판이 되어 있었다. 털에 가려졌던 얼굴이 훤히 드러나니 훨씬 영리해 보였다. 동그랗고 큰 눈이 뚜렷하게 드러나 더 마음에 들었다. 이런 얼굴을 가진 강아지 이름이 '뚱이'였다니. 지금껏 한 번도 미용을 해주지 않은 게 틀림없었다.

처음은 누구나 낯선 거야

녀석에게 내 집은 세 번째 집이었다. 엄마 친구 분이 누군가에게 받아온 것이니, 고작 1년쯤 사는 동안 녀석은 두 번이나 집을 옮겼다. 녀석은 낯선 집에 오자마자 거실에 굵은 변을 싸놓고는 그만 주눅이 들었다. 처음 대면할 때처럼 짖지도 않고 얌전했다. 내가 쓰던 둥근 방석을 내주었건만 늙은 암고양이처럼 책상 밑이나 침대 밑으로만 기어들었다. 밤에 나를 따라서 딱 한 번 침대 위로 올라와 앉기에 버럭 소리를 질러주고 내려놓았더니, 더 이상 무모한 시도를 하지 않았다. 그날 밤 녀석은 책상 밑에 기어들어가 잠을 잤다.

악수 한 번이면 충분해

다음날 새벽 5시 무렵, 녀석이 거실로 나가는 기척이 들렸다. 아무데나 오줌을 누는 것이 아닐까 걱정되어 따라가 보았다. 녀석은 소심하게 집안을 탐색하는 중이었다. 이제부터 아침밥은 9시에 먹는 거야. 아침밥을 먹지 않는 나는 납작한 그릇을 하나 꺼내 동물병원에서 사온 사료를 챙겨주며 말했다. 사료를 뽀득뽀득 씹어 먹는 걸 다 지켜본 다음 나는 또 녀석의 뒤를 쫓아다녔다.

어릴 때 아빠가 사온 개를 마당에 놓아 키운 적은 있지만 집 안에서 강아지를 직접 키우는 건 처음이라 불현듯 걱정이 앞섰다. 날마다 치다꺼리를 해주는 일이며, 꼬박꼬박 예방접종을 해야 하는 일이며, 행여 병이라도 들면 어쩌나, 여행갈 때는 어쩌지, 그제야 걱정이 꼬리를 물었다. 왜 이런 수고를 자청했을까 덜컥 후회가 되기도 했다.

나와는 달리 녀석은 첫날보다 많이 적응된 것 같았다. 나는 커다란 좌탁을 책상으로 쓰고 있었는데, 저녁이 되자 어느새 침대 밑에서 나와 내 곁에 엉덩이를 붙이고 앉았다. 이렇게 딱 붙어 앉다니, 벌써 파트라슈와 네로가 된 것 같잖아? 녀석을 쓰다듬어 주어야 하나 모른 척 내버려두어야 하나 망설이면서도 짐짓 눈을 돌리지 않았다. 녀석이 갑자기 내 팔을 톡톡 쳤다. 나중에 손이라고 부르게 된 앞발 하나로. 말을 건네듯 녀석은 크고 검은 눈으로 나를 바라보고 있었다. 무언가 할 말이 있어 보였다. 응? 뭐라고? 녀석은 귀를 쫑긋 세웠을 뿐 입을 열지는 않았다. 그래도 무슨 말을 하려는 건지 알 것 같았다.

그래, 같이 한번 해보는 거지 뭐. 이 세상 수많은 개와 사람 중에서 이렇게 만난 것도 인연인데. 나는 녀석의 앞발 하나를 들어 악수를 청했다. 이제부터 보리라고 부를게. 보리야, 제발 아무 데서나 볼일만 보지 말아다오.

집 안 사용법

배변 훈련은 쉽게 끝났다. 거실에서 한 번, 신문지 위에서 한 번, 그 다음에는 욕실에서 줄곧. 일회용 배변패드를 쓰는 대신 욕실에서 볼일을 보면 내가 뒤처리를 해주는 방식을 택했다. 보리는 수컷 강아지답게 한쪽 다리를 들고 오줌을 눴다. 전봇대가 없으니 변기 밑동이나 욕조에 대고. 덕분에 욕실에 들어간 보리를 기다리고 있다가 욕실 바닥을 청소하는 일은 내 아침저녁 일과가 되었다.

보리는 영리했다. 처음으로 우리 가족들 집에 데려갔을 때도 알아서 욕실을 찾아갔다. 여행지 민박집에서도 신통하게 욕실을 찾아냈다. 욕실 문이 닫혀 있으면 그 앞에 서서 나를 빤히 쳐다보았다. 요크셔테리어가 영리한 견종이라는 것은 나중에야 알았다.

강아지는 생후 1년이 되면 사람 나이로 열댓 살은 된다더니, 눈치가 빤했다. 침대에 올라가지 못하게 초반 기세를 눌러 놓았더니 방석 위에 덥석 올라가 몸을 말고 자다가도 내가 이 방 저 방 옮겨 다닐 때마다 따라다녔다. 침대를 제외하고는 어디든 가고 싶은 대로 다닐 수 있도록 집 안 공간을 전부 허용했다(머지않아 침대도 개방했지만).

아침에 외출을 할 때면 복도 끝 엘리베이터 문이 닫힐 때까지 짖는 소리가 들렸다. 아파트에서 그렇게 큰소리로 짖어대면 어쩌라는 거야. 아직 익숙하지도 않은 집에 홀로 있는 게 싫겠지만, 그렇다고 내가 날마다 집을 지킬 순 없었다. 지금쯤 그릇에 담아놓은 것은 좀 먹었는지, 물이나 겨우 핥는 것은 아닌지, 혼자 집 안을 어슬렁거리다 낙담하여 쓰러져 자고 있는 것은 아닌지, 밖에서도 자주 생각이 났다. 혼자 있을 때 강아지들은 무엇을 하며 하루를 보내는 걸까 궁금했다. 음악이라도 틀어놓고 나올 걸.

저녁에 집으로 들어오면 나를 바라보는 눈동자가 있는 것이 낯설었다. 단 둘뿐인 이 공간이 녀석도 낯설 것이었다. 이런 반려(伴侶)가 서로를 위로할지, 반대로 종(種)이 다른 서로의 외로움을 더해줄지 확신하기 어려웠다. 다만 산책 동반자가 생긴 것만은 확실했다.

공 어디 있어?

보리는 공을 가져오라는 말을 알고 있었다. 누르면 삑삑 소리가 나는 길쭉한 뼈 모양의 공과 소리 나는 구슬이 들어있는 둥근 공을 두 개 사와서 하나씩 던져주며 말을 걸었다. "보리야, 공 가져와." 보리는 조금도 주저하지 않고 공이 있는 방향으로 달려갔다. 그리고 잽싸게 공을 물고 내게로 달려왔다. 이 친구, 말을 잘 알아듣는구나.

아침에 일어나면 굿모닝 인사처럼 보리에게 묻곤 했다. "보리야, 공 어디 있어?" 말이 떨어지기가 무섭게 보리는 고개를 좌로 우로 돌리면서 집안 곳곳을 돌아다니며 바쁘게 공을 찾아 왔다. 하지만 보리는 다른 개와 달랐다. 던져 놓은 공을 물어와 내려놓으면 다시 던져서 또 물어오는 일은 없다. 보리는 공을 찾아서 물어오면 그뿐. 여간해서는 공을 내려놓지 않고 물고 있다. 아예 공을 물고 뒤돌아 앉기도 했다. 그래서야 공놀이를 할 수 없잖아.

"에잇, 그럼 안 놀아." 삐친 척을 하고 고개를 돌려버리면 그제야 살그머니 내 쪽으로 공을 내려놓는다. 공을 내려놓긴 하는데 고개를 숙여 공에서 3센티도 떨어지지 않은 곳에 입을 가져다대고 고개를 숙인 채 부동자세로 서있는다. 두 눈은 반짝반짝 위로 치켜뜬 채 나를 주시한다. 내 손보다 먼저 공을 가져갈 작정이다. 손가락으로 살금살금 다가가서 보리보다 빨리 공을 집어오지 않으면 공놀이는 그걸로 끝이다. 보리와 나의 공놀이는 사실 공 뺏기 놀이인 셈이다.

녀석은 그걸 즐기는 눈치다. 보리가 한 번 물고 와서 방바닥에 내려놓은 공을 누가 먼저 잡아채는지 서로 작전을 짜면서 탐색하는 시간이 둘 사이에 조용히 흐른다. 5초, 10초, 15초.......저절로 승부욕이 발동한다. 그러다 내가 먼저 선제공격! 아, 보리가 한 발 빨랐다.

공을 물고 내빼는 녀석을 따라 방과 방 사이를 뛰어다니는 건 보리가 가장 즐거워하는 놀이다. 나로서는 가만히 앉아서 보리가 물어오는 공을 다시 던져주면서 놀게 할 심산이지만, 결국은 녀석과 함께 집 안을 왔다갔다 방방 뛰어다니면서 의외의 운동을 하게 된다.

공을 들고 내가 방문 뒤나 커튼 안쪽에 살그머니 숨어서 숨죽이고 있다가 한번쯤 "보리야." 하고 불러주면 공 뺏기 놀이는 이내 숨바꼭질 놀이로 바뀐다. 그럴 때 보리는 정말 사람 같다. "거기 숨어있는 거 다 알아." 그러면서도 일부러 천천히 내가 있는 곳을 찾아내서는 "찾았다!" 하고 성큼 눈앞에 나타나는 것이 아니라, 슬그머니 얼굴을 들이민다. 능청맞은 녀석.

어쩌다 유독 신바람이 난 아침에는 먼저 공을 물고 와 내 앞에 슬쩍 공을 밀어주며 공놀이를 제안한다. 보리가 낮은 포복 자세를 할 때면 기분이 좋다는 신호다. 간밤에 간식파티에 초대된 꿈을 꾸었거나 창틈으로 새어 들어온 바깥바람이 겨드랑이를 간질이는 그런 날이었을 것이다.

포유강 식육목 고양이과 강아지

한국애견협회가 제공한 정보에 의하면 요크셔테리어는 '겁이 없고 활발하며 생기가 넘치며 응석을 잘 부리고 자립심이 강하다.' 그건 마치 '사람은 추상적인 사유, 언어 사용, 자기반성, 문제 해결을 할 수 있고, 감정을 느낄 수 있는 고도로 발달한 두뇌를 지니고 있다. 이로써 인간은 개인이 자신을 통합적으로 인식하는 주체가 된다.'라고 정의한 위키백과의 인간에 대한 정의와 마찬가지로 모든 개체에 일괄적으로 다 적용되는 말은 아니다. 사람 성격이나 재능이나 행동 유형이 천차만별인 것처럼 개들도 그렇다는 걸 나는 천천히 알아갔다.

보리는 활발하고 생기가 넘치는 반면 겁이 많고 소심하다. 산책하다 만나는 다른 강아지들을 보고 왈왈 짖어대거나 제가 좋아하는 사람과 그렇지 않은 사람들을 가려내 그걸 굳이 면전에서 표현하고야 마는 걸 보면, 한 살이 되는 동안 엄마견이나 형제견들 사이에서 받아야 할 사회화 교육을 원만히 이수하지는 못한 것 같다.

초보 견주인 나 역시 녀석을 사교적인 강아지로 키우는 데 실패했다. 나이를 먹으면서 강아지들 간의 문제는 점점 줄어들었지만, 사람들과 쉽게 친해지지는 못했다. 덕분에 응석둥이가 되는 것은 피했다.

강아지는 사람들에게 애교를 피우고 응석을 부려야 마땅한 존재라고 생각하는 이들에게 보리는 자립심 강한 강아지는 어때야 하는지를 몸소 실천으로 보여주었다. 그 실천력이 하도 굳건해서 내가 다 서운할 정도였다. 하루 종일 집안에 함께 있는 날에도 녀석은 잠시 나와 놀아주다가 귀찮아지면 아예 다른 방으로 건너가 저 혼자 고요를 즐겼다. 이 녀석의 부모 중 한 쪽은 강아지가 아니라 고양이일 거다.

보리의 부모는 어떤 개들이었을까? 보리의 형제는 다 어디로 흩어진 걸까? 어원을 모르는 단어, 출처를 알 수 없는 문장은 고독하다. 타국에서 잘 자란 입양자들이 한 번쯤은 낯선 고국을 찾아오는 걸 보면, 어릴 적 결핍의 기억을 가진 자는 삶의 명도가 8퍼센트쯤은 낮아지는 것이 아닌가 싶다.

불러도 오지 않고 침대 밑 어둠 속에서 상념에 빠지는 보리는 너무 일찍 잃어버린 부모형제를 생각하고 있는 것 같았다. 막연하지만 그리움이라고 밖에는 표현할 길 없는 어떤 사무친 감정이 녀석에게도 있을 것이었다. '잃어버렸다'는 말은 세상의 모든 과거형 중에 가장 슬픈 것이고, '버림받았다'는 말은 세상의 모든 수동태 중에 가장 서러운 것이니까. 녀석의 소심하고 겁 많고 비사교적인 성격도 그런 이유에서 비롯된 것은 아닐까.

며칠이 지난 뒤 보리는 살금살금 걸어와 내 무릎에 올라와 앉았다. 넓은 방과 푹신한 방석들을 두고 굳이 내 무릎을 선택한 건 나와 친해지고 싶다는 뜻일까? 그러다 무릎에 올라와 잠이 든다. 그 모습이 마치 고양이 같아서 나는 녀석을 놀릴 작정으로 "냥이야!"라든가 "나비야!" 하고 부르기도 했다. 그럴 때면 보리는 힐끗 고개만 돌려 쳐다보고는 이내 제 할 일을 한다. 물론 보리가 그때마다 "물고기야, 너 왜 그래?" 하는 표정을 짓는 것을 나는 놓치지 않았다.

자발적 고독

어릴 때 마당에 큰 포도나무와 벚나무와 라일락나무가 있는 오래된 집에 산 적 있다. 그 집 안방엔 다락방이 딸려 있었다. 앙코르와트의 가파른 계단만큼은 아니었지만 다락방에 올라가려면 양 팔을 앞으로 쭉 펴서 위 계단을 잡고 무릎을 굽혀 기듯이 한발 한발 옮겨야 했다. 작은 창문이 나있는 다락방은 키가 크지 않은 초등학생도 서있을 수 없을 만큼 천장이 낮아서, 늘 앉아 있거나 천장을 바라보며 누워 있었다.

집안의 자질구레한 살림살이들이 놓여있던 그곳에 나는 자주 책을 들고 올라갔다. 세 딸 중 둘째로 태어나 혼자만의 방을 갖지 못한 그 시절, 작은 다락방에서 책장을 넘기다가 이런저런 생각에 잠기는 시간이 나는 좋았다. 다락방에 쌓여 있는 물건들을 뒤적거리다가 집에서 담근 포도주에 손가락을 살짝 넣어 맛을 보기도 했다. 달콤한 포도주는 어린 나를 유혹해서 한 번, 두 번, 세 번, 뚜껑을 열고 재차 맛을 보게 시켰다. 다락방에서 자주 잠이 들었던 것은 이제 와 생각해 보니 포도주 때문이었나?

어른들이 집을 비울 때면 안방 커다란 이불장롱 속에 들어가 앉아 있기도 했다. 장롱 문을 닫고 눈을 감은 채 새로 알게 된 시를 외웠다. 다락방보다 좁고 캄캄한 장롱 속은 포근한 어둠과 자발적인 소외가

주는 달콤함으로 가득 차 있었다. 그건 덜 익은 포도주보다 부드럽고 달달했다.

보리도 그 느낌을 알고 있는 걸까? 가끔씩 보리가 내 시야에서 사라진다. 책상 앞에 앉아 한참 시간을 보내다 보면 베란다 밖 풍경은 정지된 그림인양 고요하다. 옆에서 알짱거리거나 책상 밑이나 방석 위에 잠들어 있어야 할 보리 녀석이 보이지 않는다. 거실에도 욕실에도 문 열린 작은 방에도 침대 밑에도 없다. 어디로 간 거지? 불러도 기척이 없다. 다시 작은 방으로 들어가 본다. 미닫이문으로 된 붙박이 옷장이 살짝 열려 있다. 오호라! 맨 아래 공간에 개켜놓은 옷들 위에 몸을 눕힌 녀석이 있다. 두 눈이 깜박깜박 졸고 있다. 옷에 턱을 괴고 누운 모양이 둥지 안에 든 올빼미 새끼처럼 태연하다. 이사를 가서 미닫이 붙박이장을 바꿀 때까지 녀석은 몇 번이나 그 안에서 발견되었다.

그때 그들은 어떻게 되었을까?

내 기억 속에 몇 마리의 강아지들이 있다. '뽀삐' '예삐' '검둥이'란 이름이 떠오른다. 이름만 들어도 얼마나 오래 전 강아지들인지. 어릴 때 아빠가 차례로 집에 데려온 이 아이들을 끝까지 키우지는 못했다. 반려견이라는 말도 없었을 때니까.

우리 집 마당에 놓아 키우던 이 아이들이 우리 집에 오기 전에 어떤 환경에서 태어나 자랐는지, 우리 집 이후로는 또 어디로 갔는지 그런 것에 대해서는 전혀 알지 못했다. 사실 뽀삐나 예삐, 검둥이가 어떤 견종인지도 몰랐다. 심지어 몇 살인지도 몰랐다. 그저 똥개라 불릴 만한 강아지들이었을 것이다. 요샛말로 하면 믹스견. 다만 뽀삐는 수컷이었고, 예삐는 암컷이었으며, 덩치가 산만 해서 강아지라고 부르기에는 좀 얄궂은 검둥이 역시 수컷이었다.

우리 집에서 이 친구들과 제일 먼저 친해진 건 나였다. 식구들이 먹다 남긴 밥에 김칫국이든 된장찌개든 아무거나 섞어서 마당에 있는 녀석들에게 갖다 주는 일은 곧잘 내가 맡았다. 어른들 몰래 하얀 맨밥이나 과자, 간혹 아까운 흰 우유를 부어주기도 했다.

돌아보면 그때 그 아이들은 짜고 맵고 가시가 있는 음식들을 남김없이 어찌 그리 잘 먹었을까? 추운 겨울이면 마당 한 편에 놓은 밥그릇, 물그릇이 꽁꽁 얼어붙기도 했는데. 마당이 있는 집에 사는 동안 마지막으로 우리 집에 온 검둥이는 내가 혼자 목줄을 끌고 나가 산책을 시키기도 했다. 큰 똥을 숭숭 잘도 누던 녀석이었다.

이 세 녀석들 중 가장 슬프게 헤어진 건 처음 우리 집에 왔던 뽀삐였다. 내가 8살이나 9살쯤 됐을 때다. 아빠가 어디선가 데려온 이 녀석은 몸집도 쪼끄마한 것이 집 앞에 사람이 지나가기만 하면 요란하게 컹컹 짖어댔다. 어른들한테 구박을 받으면서도 짖는 것을 멈추지 않았다. 아파트가 아니라 마당이 있는 단독주택이었으니 그나마 다행이긴 해도 녀석의 소리는 꽤 신경이 쓰였다.

어느 날인가 학교에 다녀왔더니 녀석이 없었다. 오후 내내 행방이 궁금했으나 뽀삐에게 무슨 일이 일어난 건지 알게 된 건 그날 저녁 엄마 아빠가 모두 돌아온 뒤였다. 뽀삐는 건강이 안 좋았던 길 건넛집 아저씨에게 팔려갔다. 자전거나 트럭에 쇠창살로 된 우리를 매달고 주택가 골목골목을 다니는 개장수들이 "개 삽니다, 개 파세요."라고 확성기를 틀어대던 시절이었다. 여름철 수박이나 중고 가전을 사고팔듯 사람들은 기르던 개를 내다팔고 샀다. 그 개들이 모두 어디로 실려 가는지는 굳이 알려고 하지 않아도 알만 했다.

어렸을 때 방학이면 놀러가 며칠 밤을 자고 오던 시골 고모 집에서 커다란 개를 마당 한쪽에서 '손질하는' 걸 본 적 있다. 아이들은 방에 들어가 있으라고 다그쳤지만, 축 늘어진 누렁개가 마당으로 실려 오는 것을 어쩌다 보고 말았다. 그날 저녁은 속이 울렁거려 숟가락을 들 수 없었다.

개 장사치에게 한 마리 사지 왜 우리 뽀삐를 사겠다고 한 것인지, 얼굴도 모르는 건넛집 아저씨를 원망했다. 돈 몇 푼에 냉큼 뽀삐를 넘겨버린 엄마 아빠도. 며칠 후 엄마가 사다 준 것이 딸들이 평소 갖고 싶어 하던 인형이었는지 맛있는 주전부리였는지는 정확하게 기억나지 않는다.

다만 아직도 내 눈에 선한 건 뽀삐를 내어준 뒤 며칠 지나지 않아 건넛집 쓰레기통 앞에서 본 털 뭉치다. 그땐 집집마다 대문 옆 담벼락 아래 시멘트로 만든 커다란 쓰레기통이 있어서 연탄재나 다리가 부러진 자개상 같은 것들을 쌓아놓곤 했다. 종량제 봉투도 없던 시절이었으니, 어린아이 얼굴 크기만큼이나 될 허연 털 뭉치가 그대로 바깥에 버려져 있었다. 나는 그것이 뽀삐의 것이라고 확신했고, 몸이 좋지 않다는 그 집 남자의 건강에 대해 그때 내가 할 수 있는 최선을 다해 저주를 쏟아 부었다. 지금 다시 생각해도 가엾은 뽀삐. 내 어릴 적 강아지 한 마리는 그렇게 우리 집 마당에서 영원히 사라졌고 내 기억 속에 비극으로 남았다.

'뭉치'라는 개

뽀삐와 예삐, 검둥이 이후에 우리 집에 온 강아지가 한 마리 더 있었다. 시간이 한참 흐른 뒤의 일이다. 뭉치. 처음엔 털 뭉치 같은 생김새 때문에 지어준 이름이었는데, 며칠 지나지 않아 놈의 이름은 '사고뭉치'의 준말이 되었다. 그 전의 개들과 비교하면 어쨌든 좀 더 현대적인 이름을 붙여준 셈이랄까? 이번엔 그냥 똥개가 아니라 말티즈 수놈이었다. 이번엔 아빠가 아니라 엄마가 데려온 애였고, 단독주택이 아니라 아파트에 살 때였다.

서울에 살았지만 한동안 마당이 있는 집에 사는 동안 아빠는 어디선가 강아지, 고양이, 오리, 토끼, 잉꼬나 구관조, 십자매 같은 동물들을 차례로 데려왔다. 봄날 이른 볕에 사온 어린 병아리들은 여름이 다 가기도 전에 닭이 되어 따뜻한 계란을 순풍순풍 낳아놓기도 했다. 마술모자 속에서 나온 계란처럼 신기하고 놀라웠다. 토끼들이 땅굴을 잘 파는 동물이라는 사실도 그 즈음에 알았다. 마당 구석 커다란 라일락나무 아래 만들어둔 우리 속에서 토끼들은 감쪽같이 사라지기도 했다. 그런 아침이면 매번 담장 너머 옆집에서 연락이 왔다.

일찍부터 나는 동식물을 좋아했다. 말 못하는 것들이 어린 나를 사로잡았다. 학교에서 돌아오면 집에 있는 동물들과 놀았다. 마당에 심은 과꽃이나 채송화, 키가 쑥쑥 크는 아주까리와 수세미 넝쿨 같은 것들이 꽃을 피웠는지 씨앗을 맺었는지 살피는 것도 좋았다. 요즘처럼 학원이나 과외도 안 다니고 컴퓨터도 스마트폰도 없던 시절. 나는 골목에서 동네 아이들과 몰려다닐 만큼 활달한 아이는 아니었다. 방과 후 집에 혼자 있는 시간은 길고도 적막했다. 아빠가 데려온 동물들과 가장 먼저 친해진 건 그래서였다.

하지만 시간이 꽤 많이 흘러, 뭉치 그 놈이 우리 집에 왔을 때는 웬일인지 반갑지 않았다. 지저분한 놈의 행색이 마음에 들지 않았다. 실내에 짐승을 들여놓은 건 새장 말고는 처음이기도 했다. 개는 마당에서 키워야지, 라고 생각하던 시절이었다. 눈치도 없이 놈은 천방지축 집 안을 누비고 다녔다. 주인 없는 강아지를 데려다 놓고도 가족들 모두 제각기 바쁜 시절이어서 아무도 놈에게 신경 쓰지 않았다. 따로 배변 훈련도 시키지 않았으니까.

놈은 아무 곳에나 똥오줌을 흘리고 다녔다. 덩치도 작은 편이 아니어서 귀엽다기보다는 차라리 밉상이었다. 그래도 이름은 내가 지어주었다. 얼마 지나지 않아 놈과 친해진 건 유독 내게 시간이 많았기 때문이었다. 대학을 졸업하고 한 해 늦게 대학원 시험을 보았으나 그나마도 보기 좋게 떨어져 한동안 오갈 데 없는 실업의 날들을 보낼 때였다. 고작 이십대 초반이었는데 실패의 매운맛, 인생의 쓴맛을 다 본 사람처럼 절망과 좌절 속에 가라앉아 있던 나날이었다.

나는 내게 있는 시간과 먹을거리를 가지고 놈과 만났다. 길고 잘 빠지는 흰 털을 목욕시키고 제때 밥을 주고 저녁 산책을 함께하는 일로 놈을 내 영역 안에 받아들였다. 뭉치, 놈은 그 생긴 모양 그대로 나를 따르고 나를 이해하고 나를 위로했다.

나나 뭉치나 개털이었다. 이불이고 밥상 위고 온 집안에 날리는 털 때문에 놈은 자주 힘없는 털 뭉치처럼 현관 바닥으로 쫓겨 나앉았다. 내 마음에 정처 없이 내려와 앉는 시름과 놈의 그것은 닮을 대로 닮아 있었다. 내가 놈을 돌볼 때 놈은 나의 시간과 마음을 돌보았다. 일도 없고 사랑도 잃은 복장 터질 시간의 끄트머리에서 나는 한 마리 개와 더불어 놀았다. 아파트 화단을 지나며 푸른 잔디밭을 돌 때마다 나는 놈이 뒷다리를 달랑 들고 오줌발을 내갈기고 또 내갈기던 우스

꽝스러운 모습을 지켜봤다. 그것은 더 이상 길을 잃지 않으려는 간절하고도 슬픈 몸짓이었다.

몇 달 후 나는 직장을 얻었고 뭉치는 다른 곳으로 보내졌다. 뭉치, 몸과 마음이 뿌리 없이 허공에 집을 짓던 개털의 시절, 개털의 몸으로 와서 내게 온 몸을 비벼대던 오래전 개 한 마리. 오래전이래도 이마 위의 머리카락처럼 생생한 그 녀석을 나는 가끔 생각하곤 했다. 보리가 내게 오기 전까지는.

03

관계 맺다

사람들은 무례해

처음엔 이 집에서 함께 살게 된 여자가 무엇을 하는 사람인지 알지 못했다. 여자는 남들처럼 아침 일찍 일어나 씻을 생각도 하지 않았다. 내가 눈을 뜨고도 몇 시간이 지나 느지막이 일어났다. 아침밥은 9시나 되어서야 주었다. 이 집에 오기 전에 두 번 집을 옮겼는데, 그 집들에서는 아침 8시 이전에 밥을 먹을 수 있었다. 그땐 커다란 포대에 든 맛없는 사료를 먹긴 했지만.

지금은 어린 강아지인 내게 맞는 훨씬 고소한 사료를 먹을 수 있게 된 건 잘된 일이다. 좀 게으르긴 해도 다행히 여자는 강아지에게 밥 주는 걸 생색내는 그런 유형은 아니어서 사료 값을 아낀다거나 간식을 잊거나 하는 일은 없다. 아침 9시에 밥 먹는 건 곧 익숙해졌다. 나 역시 한꺼번에 싹싹 다 먹어치우고 염치도 없이 하루 종일 밥 타령이나 해대는 그런 유형은 아니어서 아침은 적당히 먹었다. 2.7~2.9킬로그램의 체중을 유지하기 위해선 그리 많은 것을 먹을 필요는 없다. 좀 배가 부르다 싶으면 남겨두었다가 점심이나 저녁에 내킬 때 먹었다.

다시 여자 얘기로 돌아가면, 처음엔 집에서 혼자 빈둥거리는 한량인 줄 알았던 여자의 직업을 알게 된 것은 이 집에 온 지 거의 두 달이 되어갈 때였다. 처음 만날 때 자기 직업도 소개하지 않은 것은 나를 완전히 어린애로 취급했기 때문일 거다. 아니면 사람들은 다른 종(種)과 만날 때는 자기소개가 필요 없다고 생각하기 때문이거나. 되돌아보면 내 이름만 지어주고는 자신의 이름은 말해주지도 않았다.

사람들은 다른 종에게 종종 무례하게 구는데, 이런 태도도 그 중 하나다. 상대방 명함만 받고 자신의 명함은 내줄 생각도 않는 사람을 만났다고 가정해보라. 은근히 기분 나쁘지 않는가? 그런데도 정작 자신들은 무례를 범했다는 것도 알지 못한다. 여간해서는 자신의 잘못을 깨우치지 못하는 것은 사람들만의 특징이다.

그 때문에 나는 여자의 이름도 한참 후에야 알았다. 문밖에서 초인종을 누르며 "최현주 씨, 택배입니다."라고 소리친 우체국 택배기사 덕분이었다. 그것도 내가 귀 밝은 강아지여서 가능한 일이었지, 야멸찬 고양이거나 온종일 은신처 찾기에 바쁜 도마뱀이었다면 함께 사는 이의 이름 같은 건 뒷전이었을 거다.

직업? 물론 그런 게 중요한 건 아니다. 다만 나로서는 함께 살게 된 사람이 무엇을 해서 먹고 사는 인물인지 정도는 알아두는 것이 예의라 여겼다. 한 세기 전 옆 나라 일본에 살았던 나쓰메 소세키라는 묘한 이름을 가진 소설가의 집 고양이도 함께 사는 이의 직업이 글 쓰는 선생이라는 것 정도는 알고 있었다. 이름도 없는 무명씨 고양이가 말이다.

여자는 내게 '깨달은 존재'라는 뜻의 근사한 이름을 지어주고는 막상 내가 뭔가를 깨달을 수 있도록 언질을 주거나 두고두고 참구(參究)할 화두조차 던져주지 않았으니, 세상 이치를 이만큼이라도 깨닫게 된 건 순전히 내 탐구심과 노력 덕분이다. 그렇지 않고서야 이름값도 못하는 식충이가 될 뻔 했다.

하필 내 이름이 사람들이 먹는 곡물 이름과 같아서, 하나만 알고 둘은 모르는 사람들은 백미, 현미, 녹두, 콩 수준으로 내 이름을 취급하면서 자기들끼리 희죽거리는 것이 못마땅하긴 하지만, 그런 것까지 일일이 다 신경 쓰고 살기는 힘들다. 나는 세 살이 되기도 전에 남들이야 '그러거나 말거나' 하고 내버려두는 지혜를 배웠다.

서당개 3년

한동안 내가 여자의 무릎에 자주 올라간 것은 그가 탁탁탁 소리를 내며 두드리는 컴퓨터 안에는 도대체 무엇이 있는지 궁금해서였다. 대체 무얼 하느라 저렇게 컴퓨터만 붙들고 있는 걸까? 자판 위에서 손을 부지런히 놀리다가 한참이나 멈추는 건 또 왜 그러는 걸까?

얼마 지나지 않아 여자가 글을 쓴다는 것을 알았다. '카피'라고 부르는 글을 쓰기 위해선 먼저 머리를 써야 한다는 것도 알았다. 내가 간식 공 안에 들어있는 육포를 먹기 위해서 앞발과 머리를 써야 하는 것처럼. 그러니까 손이 아니라 머리로 글을 쓰는 모양이다. 그의 손이 멈추어 있을 때는, 집안 어디에선가 분명히 간식 냄새가 나는데 어디 있는지 몰라 내가 계속 코를 킁킁거리는 것처럼, 그의 머릿속이 갈팡질팡하고 있다는 뜻이다. 여자는 한 시간이 넘도록 첫 단어조차 입력하지 못하는 일도 있었다. 그럴 때면 내가 욕실 바닥에 볼일을 보고 뒤도 닦지 않은 채 집안 곳곳을 돌아다녀도 알지 못했다. 어떤 때는 알고도 모른 척 하는 것 같았다.

사람의 세계엔 참으로 많은 직업이 있다는 것은 이미 알고 있었지만, 프리랜서라든가 카피라이터라는 직업은 사실 이 집에 와서 처음 들었다. 카피라이터가 말이나 글로 먹고 사는 직업이라거나 프리랜서의 시간이 결코 '프리'하지는 않다는 사실도 곧 알게 됐다.

프리랜서라고 하면 사람들은 시간을 자유롭게 쓸 수 있으니 좋을 거라고 하지만, 꼭 그렇지는 않은 것 같다. 프리랜서의 시간이 자유롭다면 그건 사실상 실업자다. 프리랜서는 시간을 자유롭게 쓸 수 있는 자들이 아니라 언제 일이 생길지 예측할 수 없어 항상 대기 중인 자들이다. 오전까지 늘어지게 있다가 오후에 연락 받고 급히 나가는 일도 있고, 목요일까지만 해도 나를 데리고 주말여행을 가겠다고 했다가 금요일에 취소하고 주말 내내 꼼짝 못하고 책상 앞에 앉아 있는 일도 있다. 그런 주말엔 여행은 고사하고 동네 산책도 못한다. 이래가지고서야 원. 한 치 앞도 내다볼 수 없는 인생이다.

무엇보다도 프리랜서는 꼬박꼬박 월급이 나오는 대신 일하는 만큼만 돈을 받는, 그러니까 일이 적은 달이 몇 달쯤 계속되면 내가 먹을 유기농 간식이 그만큼 줄어든다는 사실도 시간이 지나면서 차차 알게 되었다. 내가 '자유와 돈'의 관계를 완전히 이해하기까지는 내 평생의 절반이 훨씬 넘는 시간이 걸렸다. 그걸 알기 위해서는 '무언가 원하는 것을 얻으려면 대가를 치러야 한다.'는 말도 알아야 했다. 쉬운 일은 아니었다.

함께 사는 이가 이런 직업을 가진 덕분에 나는 아침부터 저녁까지 줄곧 혼자 집을 지키는 외로운 강아지로 살지 않아도 됐다. 아무리 내가 자립심 강한 강아지라곤 하지만 종일 나가지도 못하고 날마다 혼자 빈 집을 지켜야 했다면, 내 성격은 완전히 삐뚤어졌을지도 모른다.

여자는 아무 때나 나갔다가 아무 때나 돌아왔다. 두어 시간 만에 들어오기도 하고 저녁 늦게 돌아오기도 했다. 일주일 내내 나가지 않기도 했다. 주말에 사무실에 나가는 일도 있었다. 그런 주말엔 가족들 집에 가거나 동네 상가에 가려고 설렁설렁 나갈 때와는 분명히 다른 옷차림으로 나가기 때문에 나는 철딱서니 없이 함께 가자고 떼를 쓰거나 하지 않는다. 그럴 땐 여자가 며칠 동안 컴퓨터에 지웠다 썼다 했던 것들을 꼼꼼히 챙겨들고 회의를 하러 간다는 것도 알게 되었다. 그런 외출은 때때로 비장해보였다.

다시 말하면, 내 간식 시간만큼이나 여자의 외출은 불규칙했다. 그러나 "보리야, 나갔다 올게. 조금 있다 봐."라든가 "보리야. 나 왔어."와 같은 외출 인사를 잊은 적은 없다. 돌아와서 나를 버쩍 안아 올려 머리와 가슴을 토닥토닥 쓸어주는 것도 잊지 않는다. 밖에서 기분 좋은 일이 있던 날에는 오자마자 장난을 걸어주기도 했다. 나는 여자가 나를 두고 나갈 때에도 더 이상 울지 않게 되었다. 혼자 있을 때는 나도 '프리'한 시간을 누렸다. 서당개 3년이면 풍월을 읊는다는데 프리랜스 카피라이터 집 강아지인 나도 3년쯤 지나자 생각과 말이 늘었다.

엄마 말고 누나

일반적으로 다른 집에서는 반려견과 반려견을 책임지는 사람 간에 부모 자식 관계를 맺는다. 요즘은 사람들 사이에 '가슴으로 낳은 자식'이란 말도 유행하고 있지 않은가? 붉은머리오목눈이 같은 작은 새들은 자신의 핏줄과는 전혀 무관한 뻐꾸기 새끼를 위해 부지런히 먹이를 물어 나른다. 탁란된 알에서 나온 뻐꾸기 새끼가 저보다 몸집이 커져도 새끼들이 무사히 이소하는 날까지 어미 역할을 다 하는 거다.

어떻게 보면 부모 자식 관계는 오롯하게 혈연의 관계가 아니라, 관계 맺기의 관계다. 세상에 오직 혈연의 부모만 존재했다면 엄마라는 호칭이 지금처럼 숭고한 말이 되지는 못했을 것이다. 새들이나 코끼리, 원숭이들도 다 아는 이런 사실을 사람들도 이젠 많이 깨우쳐서, 최근 몇 년 사이에 강아지나 고양이의 엄마 아빠를 자처하는 이들이 폭발적으로 늘었다.

여자와 나는 엄마와 자식 관계를 맺지 않았다. 내가 원했던 건 아니다. 여자는 처음부터 엄마라는 호칭을 거부했다. "엄마 말고 누나 하자." 엄마 말고 누나라... TV를 보면 열아홉 앳된 처자들도 강아지 엄마가 되는 일이 차고 넘치더라만, 그 나이에도 아직 결혼을 안 했다고 엄마가 아니라 누나? 췟. 내가 한 살짜리 강아지였을 때는 서운하기도 하고 어이없기도 했다.

그런데 좀 크고 보니 엄마가 아니라 누나인 것이 나았다. 엄마라고 했다면 진짜 엄마 생각이 났을 거다. 게다가 세상의 모든 엄마는 세월이 갈수록 좀 애잔한 존재가 되어버리지 않는가? 엄마와 자식은 어느 쪽이든 한 쪽이 한 쪽에게 의지하게 되어 있다. 처음엔 자식이, 나중엔 엄마가. 누나와는 그럴 일이 없다. 엄마 말고 누나라면 훨씬 대등한 관계를 유지할 수 있으니까 생각해보면 그것이 더 좋았다. 그리하여 나는 비록 엄마는 없지만, 누나와 단 둘이 서로 대등하고 독립적인 관계를 유지하고 사는 자의식 강한 강아지가 되어 갔다.

04

함께 한 여행들

개 코 그리고 개 귀

개는 사람이 들을 수 있는 가청 거리보다 4배쯤 먼 거리에서 나는 소리도 감지할 수 있다고 한다. 물론 사람이 들을 수 없는 주파수도 들을 수 있다. 깊이 잠든 것 같아도 작은 소리에 귀를 움찔 움직이고 이내 잠에서 깨어 뛰쳐나오는 걸 보면, 사람보다 청각이 뛰어난 것만은 확실하다.

보리의 청각 능력은 내 발자국 소리를 기가 막히게 알아채고 매번 내 귀가를 반겨주는 것으로 진즉에 확인했지만, 그보다는 먹을 것 앞에서 더 확연히 드러난다.

보리가 잠든 한밤중. 일 하다가 출출해져 과자 봉지를 뜯는다. 보리가 깨지 않도록 살금살금 몰래몰래 뜯는다. 그래도 바스락 비닐 소리가 전혀 안 날 순 없다. 남의 물건을 훔치는 사람처럼 잠시 숨을 죽이고 있다가 다시 살살. 하지만 보리는 어느새 알아채고 한달음에 달려와 책상 밑에 서있다. 귀신같은 놈. 신기한 건 똑같은 비닐 소리인데도 먹을 것이 아니면 달려오지 않는다는 거다. 아마 저쪽 방에서 귀를 쫑긋거리긴 했겠지. 거기까지다. 먹을 게 아닌 줄 알아채면 잠이나 계속 자는 것이다. 개들은 먼 거리에서 나는 소리를 감지할 수 있을 뿐만 아니라 소리의 진원지를 재빨리 파악해내는 능력도 있는 걸까? 청각과 후각의 놀라운 콜라보.

따닥따닥 아삭아삭

주방에서 따닥따닥 도마 소리가 나면 보리는 냉큼 달려와 차렷 자세를 하고 나를 가만 올려다본다. 썰고 있던 당근이나 오이, 무 조각을 하나 입에 물려주면 거실이나 방으로 가져가 사각사각 소리를 내며 잘도 먹는다. 다 먹고 나면 다시 주방으로 달려와 아까 같은 자세로 빤히 나를 올려다본다. 이렇게 일고여덟 번이나 반복한다. 어릴 적 엄마가 주방에서 칼질을 하고 있을 때면 나도 곧잘 그랬는데. 이럴 때 보리는 꼭 어린 아들 같다. 흐읍.

조수석 VIP

보리를 데려 온 그 해에 나는 운전면허를 땄다. 세상의 모든 기계 중에 팩스란 물건을 가장 신기하다고 여기는(이젠 3D프린터로 바뀌었지만) 기계치여서 그랬겠지만, 남들은 이십대에 따놓는 운전면허를 나는 서른을 몇 해나 넘기고서야 땄다.

의외였지만 운전은 생각보다 어렵지 않았다. 운전면허증을 발급받은 당일 SUV 중고차를 인수해서 그날부터 운전을 하고 다녔다. 운전대를 잡은 지 한 달도 안 돼 당일치기로 대관령 양떼목장을 다녀온 날은 한나절 만에 운전 실력이 확 늘어난 것을 스스로 느낄 수 있었다. 강원도로 가는 길과 서울로 돌아오는 길, 고속도로의 느낌이 달랐다.

그해에는 틈날 때마다 차를 몰고 동서남북 싸돌아다녔다. 다음날 바로 돌아와야 하는데도 멀리 해남 땅끝마을까지 달려간 것도 운전 첫 해의 일이다. 멀리 갈 수 없는 날에는 보리를 옆자리에 태우고 목적한 곳도 없이 무작정 시동을 걸었다. 그런 날에는 이천이나 여주, 홍천, 또 강화쯤에서 차를 멈췄다. 딱히 염두에 둔 곳이 없었으므로 눈에 들어오는 잘생긴 나무가 서있는 마을 입구에 차를 세우고 보리를 앞세워 슬슬 산책을 했다. 아이들이 모두 집으로 돌아간 늦은 오후의 학교 운동장에서 보리와 신나게 뜀박질을 하고 돌아오기도 했다. 보리는 낯선 곳에 가는 것을 나만큼 좋아했다.

운전자 옆 자리를 차지한 보리는 웬만해서는 앉는 법이 없다. 까치발을 하고 일어서서 기를 쓰고 창밖을 내다본다. 창문을 닫아놓으면 어서 창을 내리라고 성화를 부린다. 빚쟁이가 따로 없다. 여름이고 겨울이고 비가 오든 눈이 오든 상관하지 않는데 운전자는 별 수 없이 창문을 내려주어야 한다. 그러면 조수석에 앉은 이 기세당당한 VIP는 두 발로 서서 턱을 창틀에 대고는 얼굴을 살짝 바깥으로 내민다.

마침 내 첫 차는 보리가 세상 구경을 하기에 딱 알맞은 높이여서, 보리는 늘 같은 자세가 되곤 했다. 뭐가 그리 신기하고 궁금한지 창에 붙어 서서 이쪽저쪽 얼굴을 돌려가며 세상 구경을 하느라 여념이 없다. 새로운 대상을 만나면 까치발이 더 뾰족해져서는 아예 밖으로 나갈 태세다. 운전을 하다 흘끗 쳐다보면 보리는 바람에 온 몸을 맡기고 검은 털을 휘날리며 세상을 음미하고 있다. 온 몸이라고 해봐야 등 길이 25센티 남짓한 작은 강아지.

보리는 바람의 속도, 바람의 체온, 바람의 탄력 앞에서 그동안 제가 보고 듣고 냄새 맡았던 공간 저 너머 미지의 세계가 있다는 것을 느꼈을 것이다. 작은 머릿속은 본능적으로 무한의 공간에 대한 상상으로 가득 찼을 것이다. 창문을 올리며 "보리야, 앉아."를 몇 번이나 주문하지 않으면 보리는 차가 달리는 내내 그 자세로 서있다. 한 시간이고 두 시간이고 지치지도 않는다. 어떤 때는 녀석이 바람에 맞서 휘파람을 부는 것 같았다. 사이드미러에 비친 보리의 모습은 세상을 탐험하러 맨몸으로 떠난 소년처럼 의기양양했다. 세상에 대한 호기심으로 가득 찬 이들의 모습은 숲속 새벽 공기를 막 들이마신 허파만큼 신선해서 함께 있는 자들까지 부풀어 오르게 하는 법이다.

민박집 벌서기

네 살 되던 해 여름, 보리는 태어나서 가장 멀리 여행을 갔다. 경주 불국사 아래서 하룻밤을 자고 포항 영일만 바다를 본 뒤 영덕으로 올라가 오십천변을 달렸다.

보리는 이 여행에 아주 신이 났다. 민박집 주인아주머니의 허락을 받고 방에 들어갈 수 있었던 보리는 내가 잠시 딴눈을 파는 사이, 제 기분을 참지 못하고 방을 뛰쳐나갔다. 마당을 가로질러 낯선 동네를 킁킁거리며 풀숲을 마구 헤집고 다녔다. 다 저녁에 나는 보리를 잡느라 달음박질을 해야 했다. 가슴줄이 매어 있었으니 망정이지 그렇지 않았다면 망아지 같은 강아지를 잡느라 세 배는 더 뛰어야 했을 거다.

간신히 녀석을 잡아 욕실에서 대충 몸을 씻기고 가져온 수건으로 털을 말린 뒤, 누나 말을 듣지 않고 개별 행동을 한 죄를 엄히 물어 벽에 두 앞발을 대고 서있게 했다. 사람으로 치면 손들고 서는 벌. 대여섯 살 때까지 보리는 가끔 그렇게 벌을 섰다. 나중에 더 나이가 들어서는 잔꾀가 늘어 벌을 세워도 어느새 슬쩍 내려와 앉곤 했다. 작은 강아지를 뒷다리로만 서있게 하면 다리 관절에 무리가 될 수 있다고 들은 뒤로는 그마저도 흐지부지되었다.

이때만 해도 집에서 손들고 벌서기를 할 때면 제법 반성하는 태도를 보였다. 벽을 쳐다보고 가만히 서있거나 내 쪽으로 고개만 돌려 가엾은 표정을 지어 보였다. 사람과 함께 사는 개나 고양이들은 자신의 무기가 무엇인지 안다. 표정 연기의 대가들이다. 민박집에서 벌을 서는 동안 보리는 집에서와는 달리 차분히 서있지 못했다. 여행의 흥분이 가시지 않았는지 선 채로 고개를 돌려 두리번두리번 낯선 방을 탐색했다. 그 꼴이 어찌나 촌스럽고 우습고 사랑스러운지 나는 금방 집행유예를 선고해주었다.

경주에 가서 그 유명한 첨성대나 왕릉을 직접 보지는 못했지만, 보리는 분명 서울과 다른 공기를 흠뻑 마시고 세상을 조금 더 알게 되었을 것이다.

알 수 없는 커다란 것

보리는 여행 길 차창 밖에서 불어오는 바람에 온 몸의 털을 휘날리며 서있는 것이 평소 한입에 덥석 먹어치우는 간식보다 훨씬 달콤하다는 것을 알게 되었다. 창밖 풍경에 빠져있을 때면 좋아하는 간식을 주어도 먹으려 들지 않았다. 입 안에 육포를 질겅거리며 풍경을 내다보면 두 배는 더 행복할 텐데. 하나만 알고 둘은 모르는 녀석.

보리가 처음 바다를 본 건 우리 집에 온 이듬해였다. 늦여름, 안면도 꽃지 해변에 갔다. 난생 처음 바다를 본 강아지는 지칠 줄 모르고 뛰어다녔다. 드넓은 모래사장은 뛰고 또 뛰어도 끝나지 않았다. 지구의 끝이 어딘지 알아보려는 것처럼 힘차게 달려, 달리기를 싫어하는 나도 어쩔 수 없이 좇아 달려야 했다.

물을 좋아하지 않는 보리가 한달음에 파도 속으로 뛰어 들었다. 성수기가 지나 인적이 드문 때라 설마 하고 가슴줄도 놓아주었는데. 바다는 물로 보이지 않았던 걸까?

일전에 지리산에 갔을 때 저보다 몸집이 열 배는 더 큰 녀석에게 함부로 덤볐다가 혼쭐이 난 적이 있다. 그나마 시골개가 점잖아서 손가락에 밴드 붙일 정도의 생채기만 냈지, 사나운 녀석이었으면 크게 상처가 날 뻔했다. 시골개는 서울에서 놀러온 하룻강아지가 컹컹 짖으며 성가시게 구는 것을 내동 봐주다가 옆에서 알짱대며 하도 시끄럽게 구니까 슬쩍 한번 기를 눌러준 모양이었다.

납작하게 눌린 보리는 마당이 떠나가라고 깨갱깨갱 죽는 소리를 내질렀다. 내가 놀라 달려가 보리를 구출해서 품에 안았을 때, 보리의 심장은 비포장도로 내리막길을 줄달음질한 달구지마냥 요동쳤다. 그런데도 녀석은 방금 전까지 내지르던 비굴한 목소리를 일순간에 바꿔 시골개를 향해 다시 짖어댔다. 분해 죽겠다는 목소리였다. 체면치레를 하는 꼴이 가관이었다. 세상물정 모르면 용기백배라더니. 한주먹도 안 되는 놈의 그 꼴 앞에서, 지리산 기를 받아 늠름하고 의젓한 시골개는 어이없는 표정이었다.

강아지의 기억력이 사람 못지않아서 그때 그 수모를 영 잊지는 않았을 텐데, 보리는 덩치 큰 개에게 맞서듯이 파도에 맞섰다. 보리야, 저 파도는 그때 그 누렁이보다 천만 배는 더 힘이 세서 아무리 누나라도 파도를 이길 수가 없어. 네가 파도와 싸우는 걸 도와줄 수가 없단다. 그러니 설령 지금은 네 발밑에서 찰싹찰싹 흔들리는 것처럼 보이더라도 움직이는 파도 앞에선 뒤로 물러나는 게 상책이야. 아프리카 흑인과 팔씨름을 해서 이겼던 힘세고 노련한 어부도 청새치 한 마리를 잡는 데 꼬박 이틀 밤낮이 걸렸고, 그마저도 상어 떼와 싸워서는 이길 수가 없었지. 파도는 청새치와 상어 떼를 한꺼번에 다 삼킬 만큼 어마어마하게 힘이 센 무서운 상대란다. 그때 시골개처럼 관대하지도 않아.

말귀를 알아들었는지, 한 번 입 안으로 밀려들어간 바닷물이 몹시 짭짜래했던지 보리는 바다로 돌진하지 않고 순순히 뒤로 물러났다. 대신 콧잔등과 얼굴이 모래투성이가 되고 검은 털이 눅진해지도록 모래사장을 마구 달렸다. 달리다 멈춘 곳에서는 코를 박고 킁킁거렸다.

개들은 세상을 전부 냄새로 기억해두려는 것일까? 개의 몸속에 입력된 냄새는 얼마나 많은 걸까? 모래 냄새, 자갈 냄새, 모래 속을 들락거리는 돌장게 냄새, 햇빛에 널브러진 불가사리 냄새, 파도에 밀려온 조개껍데기 냄새. 그 안에 남은 바다 밑바닥 냄새, 갈매기가 떨어뜨리고 간 날개깃에 묻은 하늘 냄새........그 수많은 불가사의의 냄새를 보리는 다 맡았을까?

보리는 생애 처음 맡아보는 냄새들을 감각의 서랍 속에 차곡차곡 챙겨 넣음으로써 바다라는 거대한 짐승을 느끼고 이해했을 것이다. 그렇게 바다를 몸 속 깊이 기억하게 되었을 것이다.

산에서

보리는 산에도 갔다. 산에 데려가면 바다에서처럼 아주 신이 났다. 쉬지도 않고 지치지도 않았다. 작은 체구로 끊임없이 여기저기 기웃거리며 호기심에 가득 차서 흙길이든 돌계단이든 잘도 올랐다. 산에서 보리는 날다람쥐가 됐다.

집에서 가까운 대모산과 청계산, 조금 멀리 북한산에도 갔다. 봄 야생화들이 다 지기 전에 거룩한 산을 보여주고 싶어서, 옛 대관령 길, 이름도 아름다운 선자령에도 데려갔다. 등산이라기보다는 산책하듯 슬슬 걷다보면 도처에서 제철을 맞은 야생화들을 만날 수 있는 참 아름다운 숲. 오월 초의 선자령은 신들의 앞마당과도 같았다. 보라빛 얼레지와 노란 피나물 꽃이 지천으로 피었다. 그곳에서 보리는 행복해 보였다.

외길에서 보리의 가슴줄을 놓아주었다. 생태적 감수성이 뛰어난 이 친구는 새로 돋은 풀에 코를 들이대고 지난해 쌓인 낙엽더미를 후벼 파기도 했다. 또 몇 걸음 가지 않아 바위에 볼 일도 보면서 마구 앞으로 내달렸다. 집 밖으로 나온 보리가 슬슬 걷지 않고 내달리는 건 세상이 너무 커서 조급해지기 때문일까?

그해, 보리가 봄날의 숲에서 발견한 것은 무엇이었을까? 집요하게 땅을 파헤치고 냄새를 맡으면서 숲속의 낯선 생명들을 만났을까? 도시에서는 맡을 수 없던 냄새들 속에서 자연의 이치와 우주의 원리를 깨닫기라도 했던 걸까? 정오가 되어 태양이 땅과 수직이 될 때 생기는 막대 그림자로 지구 둘레를 알아낸 2200년 전 에라토스테네스(Eratosthenes)나 영국의 해안선 길이를 재다가 프랙탈(Fractal)이론을 만들어낸 수학자 망델브로(Benoit Mandelbrot)처럼.

집에서는 자기가 사람인 줄 아는 강아지. 먹는 소리가 나면 자다가도 눈을 반짝 뜨고 달려오는 천생 한 마리 개. 그래도 차마 밥상 위로 달려들지 못하는 소심하기 짝이 없는 요크셔테리어. 옷을 입고 미용을 하고, 하기 싫은 목욕도 견뎌야 하는 길들여진 어린 짐승.

그러나 보리는 산에서만큼은 사람에게 길들여진 반려견이거나 발이 묶인 도시의 짐승이 아니었으면 했다. 봄이 오면 스스로 자라는 풀이거나 저절로 푸르러지는 나무이거나 바스락거리며 부지런히 숲속을 뛰어다니는 다람쥐의 마음이었기를 나는 바랐다. 이끼나 고사리들이 들려주는 오래된 산의 이야기를 귀담아들었기를. 아주 오래

전 저와 비슷한 무리의 조상들이 가졌던 야생 그대로의 생명을 어렴풋하게라도 기억해냈기를. 그래서 나중에, 나중에 다시 태어나면 제 마음껏 행동하고 제 깜냥대로 돌아다니며 자유롭게 훨훨 날아다닐 수 있는 생짜 그대로의 목숨이기를. 한나절 산에서 뛰박질한 내 어린 친구 보리를 보며 나는 기원했다.

동네산책 가이드

나는 차를 끌고 바다로 산으로 멀리 나가면 나갔지, 높다란 아파트와 상가 건물들뿐인 서울의 한쪽 끄트머리 아파트 동네를 산책하는 걸 즐기지 않았다. 빈터라고는 강아지 댓 마리 정도도 수용 못하는 어린이공원과 저녁 8시면 가득 차는 주차장뿐인 이 일대를 어슬렁거려 봐야 무슨 낙이 있을 리 없었다.

보리가 오고나서야 동네 산책을 시작했다. 늘 뭔가 새로운 것을 발견해 낼 것처럼 땅에 코를 묻고 걸어가는 보리를 따라 나도 내가 사는 동네를 찬찬히 걸었다. 도시의 아파트 단지 안에도 이렇게 많은 나무들이 있었다니. 비둘기와 까치들의 종종거리는 생이 있고, 얼룩무늬, 검은 털, 호랑이줄무늬......생김새도 각양각색인 고양이들의 숨바꼭질하는 삶이 있었다.

내가 사는 1007동의 1층에는 다리를 저는 할아버지와 그를 꼭 닮은 늙은 개가 있다는 것도 보리와 산책을 하다가 알게 되었다. 그 늙은 개는 주인 없이도 혼자 산책을 나왔다가 문 열린 제 집 동호수를 잘도 찾아갔다. 아파트에서 키우기엔 너무 크다 싶은 말라뮤트를 데리고 나온 여자도 있었다. 아무래도 이사 가야 할 것 같아요. 덩치 큰 개 앞에서 두 귀를 바짝 뒤로 젖히고 왈왈 짖어대는 보리를 쳐다보며 여자는 이렇게 말했다. 이후로 크고 잘생긴 그 개를 다시 보지는 못했다.

웬만해서는 이웃과 말을 트고 지내지 않는 서울 아파트에서 동네 아이들이나 할머니들과 몇 마디라도 말을 나누게 되는 것도 보리를 데리고 나갔을 때다. 명자꽃과 라일락꽃이 질 때쯤 짙붉은 꽃을 돋아내는 박태기나무가 1천 세대 넘는 대단지에서 단 한 그루뿐이라는 것을 알게 된 것도, 5월이면 흰 헛꽃을 피우는 산딸나무가 단지 안 어디에 몇 그루 있는지 알게 된 것도 보리와 어슬렁거린 덕분이었다. 슈퍼마켓과 세탁소, 치킨집 등이 있는 단지 내 상가 건물 뒤쪽으로 사람들의 발길이 거의 없는 제법 너른 풀밭이 있고, 그곳엔 아무렇게나 자라는 풀들과 사람들이 집에서 기르다 지쳐 내다 심었을 것이 분명한 화초들이 뿌리를 내리고 열심히 자라고 있다는 것을 알게 된 것도 보리와 함께 구석구석을 탐색한 결과다.

그러니까 내가 보리를 데리고 산책을 한 것이 아니라, 보리가 나를 데리고 내가 사는 곳 주변을 샅샅이 돌아보도록 이끌었던 거다. 덕분에 나는 동네 산책의 즐거움을 알아갔다. 산책할 때마다 무언가 하나씩 발견해내는 즐거움을. 그동안 단 한 번도 눈길을 주지 않았던 단지 내 후미진 구석의 고요한 벤치, 가을이면 넓적한 플라타너스 이파리들이 이불처럼 널리는 이면도로의 늦가을 냄새, 1차선 이면도로에서 야산으로 넘어가는 작은 통로, 느린 걸음으로 30여 분 거리에 있는 옛날식 '사라다 빵'을 만드는 자그마한 동네 빵집 같은 것들. 가는 곳마다 보리가 남의 집 개들의 똥과 오줌 자국을 부지런히 발견해내는 것처럼 나는 낯익은 동네의 낯선 풍경들을 하나하나 발견해낼 수 있었다.

'심심하다'는 동사

산책을 하지 못하는 시간이 길어지면 보리는 베란다로 달려가 까치발을 하고 창밖을 내다봤다. 차창에 매달려 고개를 좌로 우로 부지런히 돌리며 지나가는 풍경을 관찰하는 것처럼 베란다 창에 붙어 서서 아파트에서 내려다보이는 바깥 세상에 관심을 보였다. 베란다 창은 자동차 창만큼 빠른 속도로 풍경을 바꿔주지 않고 그만큼 시원한 바람을 몰고 오지도 않아서 차에 탔을 때처럼 오래 창에 매달려 있지는 않지만, 내가 책상 앞에 앉아있는 시간이 길어지면 보리가 베란다를 서성이는 시간도 늘어났다.

그런 보리를 보면 조금 안쓰러운 마음이 들곤 했다. 커다란 마당에서 다른 개들과 뒹굴며 실컷 생을 즐기는 개들도 있고, 아파트에 살아도 아침저녁으로 늘 산책을 나갈 수 있는 강아지들도 있는데, 나는 그렇게 부지런하고 규칙적인 견주는 되지 못했다. 베란다를 내다보고 있는 보리를 보니 언젠가 신문에서 읽었던 시인 이야기가 떠올랐다.

아이가 시인에게 불쑥 물었다. "선생님은 왜 시를 썼어요?" 갑작스런 질문에 문득 말문이 막힌 시인. 한동안 눈앞의 산과 들과 새와 나무들을 물끄러미 바라보다 이윽고 입을 연다.

"심심해서 그랬어. 공부를 하다가 이렇게 마루에 혼자 앉아 있으면 너무 심심한 거야. 너무 심심하니까, 심심함을 피하기 위해 여기저기 무엇인가를 찾다 보니, 마을에 있는 모든 것들이 다 자세히 보인 거야. 자세히 보니까 생각이 일어났어. 그 생각들이 내 마음의 곡식 같아서 버리기가 아까운 거야. 그래서 그냥 글로 옮겨 써봤어. 그랬더니 시가 되었어."

김용택 시인의 이야기다. 그러고 보니 '심심하다'는 건 마음을 들여다본다는 뜻이고 그럴 시간을 가진다는 말인가 보다. 심심하다, 心心하다. 형용사가 아니라 동사. 내 마음, 너의 마음, 주변의 사물과 멀리 삼라만상의 마음을 바라보는 행위.

베란다로 달려가 창밖을 바라보고 있는 보리. 보리야, 지금 심심한 거니? 저 혼자 심심해서 제 눈에 들어오는 모든 풍경을 '심심한' 보리. 꼭 외로운 시인 같다.

그 섬은 꼭 기억해줘

불규칙한 라이프 스타일 때문에 날마다 산책을 시켜주지 못하는 것이 미안해서, 웬만한 여행길에는 보리를 데리고 다녔다. 몰아 먹는 밥처럼. 반쯤은 가을이고 반쯤은 여전히 여름인 9월, 보리는 길게 자란 털을 말쑥하게 깎고 처음으로 배를 타고 바다를 건넜다. 군산에서 선유도와 장자도로.

지금은 다리가 놓여 배를 타지 않아도 되지만, 군산에서 쾌속선을 타고 50여분 들어가면 고군산군도의 맏이섬 선유도에 갈 수 있었다. 신선들은 차를 타고 노닐지 않으므로 선유도에는 차가 다니지 않았다. 대신 좁은 도로에 알맞은 자전거나 카트를 대여해주었다. 카트를 타고 섬을 한 바퀴 돌다보면 두 개의 다리를 만날 수 있다. 하나는 장자도로 연결되고 또 하나는 무녀도에 가닿는다. 장자도와 무녀도로 가는 다리는 카트조차 허락되지 않아 직접 다리품을 팔거나 자전거를 이용할 수밖에 없다. 덕분에 정말 신선처럼 유유자적 걷게 되는 것이다.

십년 전쯤이었나?무녀초등학교의 아이들은 모두 열한 명이고 선생님은 세 분이었다. 학교 운동장에서 만난 아이들은 낯선 외지인과 강아지에게 한 치의 거리낌도 없었고, 나 역시 아이들이 오래 만난 친구 같았다. 아이들 두 명이 양쪽에서 줄을 잡고 서너 명이 가운데 서서 폴짝폴짝 줄넘기를 하고 있었다. 아이들은 몇 번 줄을 넘지 못하고 두어 번 만에 금방 줄에 걸리고 마는데, 술래를 바꿔가며 지치고 않고 줄을 넘었다. 손주를 찾으러 왔던 할머니 한 분이 아이들 속에 섞여 한쪽 줄을 잡았다. 시간이 지나면서 아이들이 늘어났다. 한 명 두 명 세 명 네 명.......열한 명. 9월의 일요일 오후, 조그만 학교 운동장에서 전교생이 다 줄을 넘었다.

일곱 살짜리 막내는 키가 작아 끼지 못하고 풀밭에 앉아 초콜릿을 먹었다. 야금야금 아껴가며 쪽쪽. 배를 타고 섬에 온 서울 강아지는 겅충겅충 아이들을 따라다녔다. 무녀의 치맛자락처럼 바람은 살랑거렸다. 아이들이 내게 막 줄을 건네며 "줄 좀 잡아주세요." 하는 순간, 시간을 보니 어느새 오후 네 시. 선유도를 출발하는 마지막 배 시간이 가까워져 있었다. 나는 호박마차를 타고 온 23시 59분의 신데렐라처럼 허둥거리며 보리를 붙잡고 일어날 수밖에.

몇 년이 지나도 내가 그날을 기억하듯이 보리도 그날을 기억하고 있을 것이다. 처음 타본 배와 처음 본 섬들. 바람을 가르며 머리 위를 휘휘 날아가던 큰 갈매기들을. 섬 강아지 같던 아이들을. 쉼 없이 물방울을 튕기며 일렁이고 일렁이는 거대하고 푸른 땅을 가로지르는 배에서는 차에서 맞는 바람과는 또 다른 바람이 불었다. 잠시도 가만히 있지 않고 너무 출렁여서 도저히 들어갈 수 없는 입구를 가진 커다란 운동장 같던 해변과는 또 다른 느낌이었을 거다. 바다라고 불리는 커다란 짐승의 가슴에는 크고 작은 섬들이 저만치 홀로 떠있어서

닿을 수 없는 시간도 있다는 것을, 보리는 두 눈을 동그랗게 뜨고 고개를 갸웃거리는 동안 저절로 알아갔을 것이다.

보리는 아주 먼 시간 뒤, 가고 싶은 곳을 마음대로 갈 수 있는 자유로운 영혼을 가진 사람으로 다시 태어나고 싶다고 생각했을지도 모른다. 그리고 그날이 와도 그때 그 바다의 바람, 그 섬의 냄새를, 한없이 푸르던 하늘과 바람의 숨결을 기억해낼 수 있을 거라고.

05

혼자 한 시간들

몽골로 떠난 누나

여행에 대해서 말하자면 나는 하고 싶은 말이 따로 있다. 아직도 정확하게 기억할 수 있다. 내 나이 세 살 때였다. 여름날이었고, 그 여름의 여행은 다른 때보다 길었다. 무려 45일이었으니까. 그렇다고 내가 어디 먼 곳으로 여행을 떠났던 건 아니다. 내가 간 곳은 집에서 20킬로미터 남짓 떨어진 곳이었다. 정확하게 말하면 나는 여행을 간 것이 아니라 그곳에 '맡겨졌다.' 여행은 내가 아니라 누나가 갔다. 45일이나 나를 남겨두고 혼자 2,000킬로미터나 떨어진 다른 나라로.

몽골이라는 나라였는데, 45일 후에 돌아온 누나에게서는 그때까지 단 한 번도 맡아보지 못한 기이한 냄새가 났다. 나중에 알고 보니 사막의 모래와 낙타, 초원의 말과 양, 아시아계 사람들과 러시아 쪽 사람들의 냄새가 한꺼번에 섞인 탓이었다. 누나는 45일 동안 평생 먹을 만큼의 양고기를 먹고 다닌 데다 가방 안에는 가족들 선물이라고 양털로 만든 가방이나 덧신 따위를 잔뜩 넣어왔다. 가족들은 이상한 냄새가 나는 그 선물을 거의 다 사양해, 흰 양털로 만든 넓적한 주머니는 한동안 내 방석으로 쓰였다. 지금 와서 하는 말이지만 갑작스럽게 용도 변경된 복슬복슬한 그 방석을 정말이지 나도 사양하고 싶었다. 낯선 사막의 짐승 냄새가 고스란히 배여 있을 뿐만 아니라 그런 걸 방석으로 깔고 앉기에는 결코 시의적절하다고 할 수 없는 8월 한여름이었단 말이다.

누나는 바퀴가 넷 달린 커다란 캐리어에 여러 벌의 옷을 차곡차곡 접어 넣었다. 책장 앞에 서서 심사숙고하며 책 세 권을 골라 넣었다. 카메라와 렌즈 세 개, 번쩍 빛을 내뿜는 외장 플래시도 잊지 않고 챙겼다. 그때 알아봤어야 했다.

"보리야, 여행 좀 다녀올게. 올 때까지 아프지 말고 잘 있어야 해."

누나는 내 콧잔등에 대고 3번이나 같은 얘기를 했지만, 누나가 '올 때까지'가 45일 후라고는 말해주지 않았다. 이전에도 누나는 카메라와 책 한 권, 여분의 옷을 챙겨 넣은 가방을 들고 나가서는 이삼일 밤을 보내고 돌아온 적이 있다. 그럴 때마다 나는 평소 다니던 동물병원에 맡겨졌다.

삶이 늘 마음대로 되는 건 아니란 것 정도는 나도 알고 있다. 내가 아무리 몸을 낮추고 오른쪽, 왼쪽 번갈아 손을 내저으며 용을 써 봐도 TV 장식장 아래로 굴러 들어간 공을 꺼낼 수 없는 것처럼, 누나의 여행에 매번 따라갈 수는 없다. 사람들 세상엔 개들에게는 허용되지 않는 장소들이 너무 많다.

언제부터인가 나는 누나가 혼자 여행을 갈 것인지 날 데리고 갈 것인지를 직감적으로 알게 되었다. 세 살이 넘은 강아지의 직감은 사람 여자의 직감보다 강한 것이다. 몇 달 전부터 누나는 나를 떼어놓고 혼자 여행갈 준비를 차근차근 해왔다. 누나의 가방이 유난히 큰 것을 보아 지금껏 가던 여행과는 다르겠구나 생각했다. 하지만 그렇게 길게 집을 비울 줄은 몰랐다. 그땐 내가 아직 어렸다.

여행을 떠나기 전전날, 누나는 내 방석과 인형, 사료를 통째로 싣고 나를 차에 태웠다. 서울을 벗어나 조금 더 달렸다. 창밖에서 불어오는 바람이 반갑기는 했지만 이번 드라이브는 어쩐지 긴장감이 느껴졌다. 누나는 낯선 건물 앞에 차를 세웠다. 넓은 운동장이 눈에 들어왔다. 건물 안에는 먹을 것과 장난감이 잔뜩 진열된 동물병원이 있었다. 자주 가던 동네 동물병원보다 몇 배는 컸다. 낯선 개들 냄새로 가득 찬 그곳은 '애견 훈련소 & 호텔'이었다.

"하루 이틀도 아닌데 거의 종일 케이지 안에 두는 동네 동물병원에 맡길 수는 없었어요." 나를 품에 안은 채 누나가 고백하듯 말했다. "매일 산책시켜주시는 거 맞죠? 다른 개들과 섞여 있어도 안전하겠죠?" 낮에 내가 있을 공간과 밤에 내가 잘 공간을 확인하고 나서 누나는 다시 물었다. 그곳 담당자와 이야기하는 도중 두 번, 같은 질문을 했다.

한 시간 뒤 누나는 나를 두고 떠났다. 그곳에 나를 맡기고 뒤돌아설 때 누나의 눈빛은 걱정과 애정으로 가득했다. 아는 사람도 없는 낯선 곳에 나를 두고 갈 것을 짐작은 하고 있었지만, 그 눈빛을 보는 순간 내 가슴엔 와락 두려움이 몰려왔다.

군중 속 고독

시추, 말티즈, 푸들, 포메라니안, 코커스패니얼, 미니핀, 슈나우저, 퍼그, 스피츠, 골든 리트리버, TV에서만 봤던 웰시코기, 닥스훈트.......

실로 온갖 종류의 개들이 다 들락거리는 이런 곳은 처음이었다. 처음엔 정신이 혼미해질 정도였다. 한 살 무렵에 무려 두 번이나 집을 옮기며 불안한 유년을 보내긴 했지만, 이제 나는 조용하고 독립적이며 안정된 환경에 익숙한 강아지다. 많은 친구들을 사귀어본 적도 없다.

네 다리로 걸어 다니고 코를 킁킁거린다는 것 말고는 생김새도 성격도 나이도 다 다른 개들이 정신없이 오고 갔다. 저마다 천차만별의 냄새가 났다. 개라는 공통점을 빼고는 하는 짓이 모두 달랐다. 산책길이나 여행지에서 다른 개들을 만나긴 했지만, 이렇게 다양한 녀석들과 이렇게 가까이, 이렇게 오래 부대껴 보기는 처음이었다.

먼저 와있던 녀석들이 하나둘씩 내게 다가왔다. 한눈에 봐도 나보다 어리고 작은 녀석들이 재재발거리며 달려왔다. 대부분은 첫 대면의 매너를 지켰지만 험상궂은 얼굴을 실룩거리며 괜히 젠체하고 으스대며 다가오는 놈들도 있었다. 처음 겪는 일이라 당황스러웠다. 솔직히, 겁이 났다기보다는 성가셨다. 누나도 없고 아는 얼굴 하나 보이지 않았다.

이곳에서 어떤 일이 나를 기다리고 있는 걸까, 조금 걱정이 되긴 했다. 그렇다고 아주 주눅이 들지는 않았다. 다만 낯선 얼굴들 사이에서 지난 봄날에 만났던 얼굴 하나가 스르르 떠올랐다. 잊은 줄 알았는데 나도 모르게 그만.

몰래 온 첫사랑

그 친구를 만난 건 3월이었다. 햇볕이 따스한 날이었다. 바람은 제법 불었다. 그때마다 검고 무성한 내 털이 한 번씩 출렁거렸다. 마른 땅에서 먼지가 일었다. 숲길이나 공원 같이 근사한 풍경이 펼쳐진 곳은 아니었다. 집들이 저 멀리 보이는 한적한 농촌마을 빈터. 누나가 왜 이곳에 차를 세웠는지 알 수 없었으나 바깥바람을 쐬고 기분이 좋아져서 그런 것쯤은 알 바 아니었다. 누나는 손에 잡고 있던 가슴줄도 놓아주었다. 덕분에 나는 혼자 펄쩍펄쩍 뛰기도 하고 길가 풀숲으로 달려가 마음껏 노즈워크(nose work)를 하며, 오늘의 행적을 헛되이 하지 않으려고 열심히 영역표시를 하고 다녔다. 그 와중에도 틈틈이 고개를 돌려 누나 쪽을 바라보는 것을 잊지 않았다.

멀지 않은 곳에서 강물 냄새가 났다. 햇볕에 녹은 땅과 강을 지나온 바람과 이제 막 새로 움튼 풀 냄새 사이로 낯선 개와 새, 고양이들의 냄새가 났다. 알 수 없는 또 다른 짐승들 냄새도 났다. 그 냄새의 주인들이 누구인지 알고 싶어 나는 안달이 났다. 내 코가 촉촉해졌다.

내게 산책이란 다리가 아니라 코를 움직이는 활동이고, 다리는 코가 이끄는 방향으로 데려다주는 충실한 수행자이다. 사람들은 코보다는 자신의 눈을 더 믿지만 현명한 짐승들은 아무리 시력이 좋아도 결코 시각에만 의지하지 않는다. 시각은 우리를 속이기도 하지만 후각은 결코 속임수를 쓰지 않는다. 사람들이 대대손손 시각예술이나 청각예술을 발전시켜 오면서도 후각예술에는 거의 주목하지 않았다는 건 정말 안타까운 일이다. 정작 더 드넓고 무궁무진하며 신비하고 독창적인 세계는 후각을 통해서만 알 수 있는 건데. 개들의 예술사를 한 권의 책으로 정리한다면 당연히 후각예술이 첫 장을 차지하게 될 거다. 어쨌든 나는 그때도 콧구멍을 부지런히 움직이며 예술적 영감에 사로잡혀 있었다.

그러다 어느 순간, 한줄기 냄새가 훅 코 안으로 들어왔다. 지금까지 한 번도 맡아보지 못한 꽃 냄새 같기도 하고, 아주 어렸을 때 맡아보았던 신비한 물 냄새 같기도 했다. 콧구멍 속이 간질거렸다. 봄바람이 콧속으로 들어간 건가? 냄새의 방향으로 얼굴을 돌렸다.

그때 알았다. 내 옆에 누군가 와있다는 것을. 노란 털 사이로 빛나는 까만 눈이 내 눈과 마주쳤다. 나보다 조금 몸집이 컸다. 누구지? 아니, 그보다 도대체 언제 와있었던 건가? 나는 꽤나 예민한 강아지여서 낯선 자가 허락도 없이 내 공간 안에 침입하는 걸 눈치 채지 못하고 넋 놓고 있는 편이 아니다. 사람이든 비둘기든 내 코가 먼저 낯선 존재의 접근을 알아차리고, 몸이 저절로 경계 태세로 전환한다. 내가 평소 왕왕왕 짖어대는 것은 더 이상 다가오지 말라는 뜻이며, 알아서 좀 비켜달라는 말이다.

그런데 이번엔 달랐다. 이렇게 가까이 다가와 있는데도 알지 못했다니. 겨우내 뜸하다가 오랜만에 나와서 내가 너무 산책에 몰두하고 있었던 걸까? 내가 알아채지 못할 만큼 그가 조심스럽고 사뿐하게 다가왔던 것일까?

이상했다. 이런 일은 처음이었다. 우리는 원래 알고 있던 것처럼 금방 친해졌다. 서로의 몸 냄새를 맡는 것으로 충분했다. 그 시간은 짧았다. 그러나 우리는 모든 감각을 집중해서 서로를 탐색했다. 아무런 말도 필요 없었다. 한마디 얘기를 나누지 않고도 우리는 처음 만난 상대가 나와 잘 통하는 존재인지 아닌지를 단박에 알 수 있었다.

생명을 가진 자들은 모두 그런 능력을 갖고 있다. 사람들만 빼고. 아주 적은 수의 사람들만이 선천적으로 타고난 존재 증명의 감각을 잃지 않아서, 그들이 흔히 '동물적 감각'이라고 부르는 직관으로 자신의 삶에서 중요한 순간을 결정한다. 대부분의 사람들은 그토록 중요한 감각을 잃고 산다.

굳이 사람의 말을 빌리자면, 우리는 '한눈에 반했다.' 지금까지 다른 개들을 많이 보았지만 내 마음을 사로잡는 친구는 없었다. 내가 봐도 몹시 귀엽게 생겼거나 유난히 털과 자태가 고운 친구들이 있긴 했다. 그러나 내 영역 안에 들이고 싶은 마음은 들지 않았다. 주인 품이나 파고드는 새침떼기들이거나 애교를 부려 간식을 얻어먹는 걸 평생의 낙으로 삼은 응석받이들이 대부분이었다. 이 친구는 달랐다. 마당에서 자고 내키는 대로 동네를 활보하고 다니는지 노랑색 털이 꾀죄죄했지만, 이렇게 흙먼지가 이는 동네에서는 자연스러운 일이었다. 자연스럽다는 것이야말로 진정한 프리, 즉 자유롭다는 뜻이 아닌가?

자신의 자유의지로 어디든 오고 갈 수 있는 자들만이 갖는 당당하고도 진지한 발걸음과 장난기 가득한 눈빛이 내 가슴을 뛰게 했다. 그는 어른스럽고도 천진했다. 내가 조금 주눅이 들 정도였다. 흙과 먼지가 묻었는데도 이상하게 좋은 냄새가 났다. 이 친구와 더 시간을 보내고 싶어졌다. 엉덩이 냄새를 맡고 콧잔등을 부비고 몸을 부딪고 발장난을 하고 함께 뜀박질을 하고 싶어졌다. 이런 기분은, 처음이었다.

나타샤

시간이 얼마나 흘렀는지 알 수, 없다. 아주 긴 시간은 아니었을 거다. 누나가 나를 그렇게 오래 내버려두지는 않았을 테니까. 7분? 10분? 아무리 길어도 12분은 못 되었을 거다. 나를 부르는 목소리에 퍼뜩 정신을 차려보니, 누나가 내 쪽으로 뛰어 오고 있었다. 내가 어느새 여기까지 와있었던 거지? 나도 모르게 나타샤를 따라가고 있었다.

사실 나는 이 친구의 이름을 알지 못한다. 다만 나중에 그를 떠올릴 때 그를 호명할 이름이 필요했으므로, 흰 눈이 푹푹 나릴 때 산 속 깊이 떠나버린 시인의 당나귀 이름을 빌려와 '나타샤'라고 부르기로 했다. 지난 겨울 누나가 나를 무릎에 올려놓고 이 시를 읽어주었는데, 나는 졸리기도 하고 쓸쓸하니 뱃속이 허전해져서 무언가 먹고 싶어졌다. 당나귀도 아닌데 괜히 응앙응앙 울고 싶어졌다. 나중에도 '나타샤'라는 이름을 떠올릴 때마다 그런 기분이 들었다.

누나가 나를 번쩍 들어 올렸다. 얼굴 높이까지 들어 올려 내 몸을 살짝 흔들며 말했다. "보리, 야 이 녀석! 너 어디까지 가려던 거야? 누나가 불러도 멈추지도 않고!" 그리고는 부대자루 끼듯 나를 오른쪽 옆구리에 끼고 허리를 굽히더니 나타샤를 보며 말했다. "얘, 넌 누구니? 너희 집 어디야?" 건성으로 묻고는 그의 대답을 들을 생각도 없이 곧장 나를 차에 태워 앉혔다. 나타샤는 그 자리에 멈춰 서서 우리가 멀어지는 것을 가만히 바라보고 있었다.

아, 모든 게 너무나 갑자기 일어났다. 나타샤가 나타난 것도, 그가 사라진 것도. 나중에는 내가 나타샤를 만났던 것이 정말로 일어났던 일인지 꿈이었는지 어렴풋해졌다. 나타샤에게 작별 인사를 할 틈만 있었더라면.......그 이후 가끔, 자주는 아니고 아주 가끔 그런 생각이 입 안 가득 고일 때가 있었다. 짧은 만남이었지만, 그는 내가 만난 개들 중에서 가장 멋진 냄새를 지닌 개였으니까. 나타샤는 암컷 강아지였고, 나는 중성화수술을 하지 않은 수컷 강아지였으니까.

언젠가는 우리도 정말 긴 여행을 하겠지

물론 45일 정도로는 어디 가서 이야기할 거리가 못된다. 몇 년 전 나는 TV에서 여행에 관한 뉴스를 하나 들었는데 내 귀가 쫑긋 설만한 뉴스였다. 그렇다고 시끄러운 원숭이들이나 신비한 펭귄들이 한꺼번에 떠들어대는 내셔널지오그래픽 류의 자연 다큐멘터리도 아닌데, 내가 까치발까지 하고 TV 모니터를 올려다보는 것은 좀 객쩍은 일이었다. 나는 방을 가로질러 물을 마시러 가며오며 귀를 기울였다.

사람들 세계에서 뉴스가 끊이지 않는 건 대개 두 가지 이유다. 다른 사람들, 좀 폭넓게 말하면 인류 총체의 발전에 아무런 도움이 되지 않고 심지어 자기 자신에게도 이롭지 않은데, 오직 자신의 존재감을 내세우려고 괜히 소란을 떨어 세상을 번잡하게 만드는 일이 그 하나다. 그런 뉴스는 한번 들끓고 나면 이내 거품처럼 가라앉는다. 또 하나는 세상의 이치에 어긋나지 않게 올바로 자란 사람들이 제 자리에서 제 할 일을 하며 사는 것을 굳이 찾아내, 몇 년 만에 처음이라거나 어디에서 유일하다거나 하는 별난 기준을 만들어 찬양하고 칭송해대는 뉴스다. '최초', '마지막', '유일'과 같은 말들은 사는 동안 내내 다른 자들과 자신을 비교하는 걸 멈추지 않는 사람들에게 좋은 미끼다. 자신의 삶에 충실한 것으로 평생의 시간을 헛되이 보낼 일 없는 동물들은 그런 말에 현혹되지 않는다.

동물 세계에서 뉴스란 하루 뒤에 지진과 해일이 일어날 것을 미리 감지한 몇몇 날짐승과 물짐승들이 지구 내부의 전조현상을 널리 퍼트려 뭇 생명들을 구제하고자 할 때와 같은 경우뿐이다. 입이 가벼운 극소수의 조류들이 멀리서 온 소식을 볍씨마냥 물고 다니며 재미삼아 뉴스를 생산해내는 일이 간혹 있기는 하지만.

그렇지만 사람과 더불어 살다보니 반려동물들의 삶에도 변화가 생기는 것은 어쩔 수 없다. 우리도 모르는 사이 인간의 사고패턴과 감정을 닮아간다. 생태계의 진화 과정에는 없는 '인간화 과정'이다. 내가 최근 TV에서 들리는 소리에 전보다 더 자주 귀를 기울이게 된 것도 내 몸에서 일어나고 있는 인간화 과정 때문일 거다.

자, 이제 내 귀를 솔깃하게 한 여행이 무엇인가에 대해 말할 차례다. 그건 바로 미국에 사는 90세 할머니의 여행 이야기였다. '노마'라 불리는 이 할머니는 2016년 어느 날 암 선고를 받았단다. 일반적인 경우라면 그날로 병원에 입원해, 헤모글로빈 양이 일반 척추동물의 10분의 1밖에 안 되는 남극 빙어의 피 색깔처럼 하얀 가운을 입고 하루에도 수많은 환자들을 둘러보느라 내 몸에 대한 생각은 10여 분이나 할까 말까한 의사들에게 남은 인생을 모조리 맡기게 될 것이다. 그런다고 90세에 암을 털고 일어나기는 힘들 텐데. 현명한 노마 할머니는 인간사회의 그 뻔한 일반화를 거부했다.

미국의 그 할머니는 아들 내외와 함께 여행을 시작했다. 캠핑카를 타고 미국 75개 도시 2만 킬로미터 이상을 돌았다. 여행을 시작하고 13개월이 된 어느 가을, 노마 할머니는 여행을 마쳤다. 13개월의 여행과 91년의 여행을 동시에. 멋진 할머니이고 멋진 여행이었으며 멋진 가족들이었다. 나 같은 강아지도 감동할 만한 뉴스였다. 그런데 내가 이 뉴스에 반짝 귀를 기울인 것은 꼭 할머니 때문은 아니었다. 노마 할머니와 그 아들 내외와 함께 여행에 동반한 또 한 존재, 그러니까 할머니의 반려견 링고 때문이었다.

사진을 보니 뽀글뽀글한 털을 가진 덩치 큰 푸들 녀석이었다. 할머니와 나란히 차를 타고 그랜드캐니언에 가서 기념사진도 찍었다. 가족들이 '드라이빙 미스 노마(Driving Miss Norma)'라는 타이틀로 인터넷에 올린 사진 속엔 노마도 링고도 행복해 보였다. 링고는 할머니처럼 얼굴이 길다. 신기하게도 둘은 꼭 닮아 보였다. 링고의 나이가 언급되지는 않았지만 적은 나이는 아닌 것이 분명했다.

노마 할머니처럼 길고 긴 여행도 아니고 마지막 여행도 아니므로 누나가 45일간의 여행에 나를 데려가지 않은 걸 두고 원망할 생각은 지금도 없다. 그때 몽골에 간 누나가 사흘 만에 내가 있는 곳으로 전화를 걸어 내 안부를 묻고, 보름째 되는 날에도, 32일째 되는 날에도 또 전화를 했다는 것을 나는 알고 있다.

나를 맡았던 담당자가 '처음 하루는 침을 흘릴 정도로 긴장하고 의기소침해 있었으나'로 시작되는 이야기를 누나와 나누었다는 것도 알고 있다. 틀린 말은 아니었다. 아까도 말했지만 처음 경험한 이 요란법석의 호텔 여행에 내가 '쫄았던' 건 사실이니까. 사람이든 강아지든 나이를 얼마나 먹었든 제 의지와 상관없이 낯선 곳에 혼자 떨어지면, 마음속에 그리워하던 누군가가 떠오른다는 것도 그때 알았다.

06

Free is not free

자유로운 발목

몽골에서 돌아오자마자 가방을 풀지도 않고 보리를 데리러 달려갔다. 전화 통화로 보리가 낯선 환경에서도 잘 적응하고 있다는 말을 듣긴 했지만, 불안했다. 소심한 녀석이 45일 동안 구석에 쪼그려 앉아 다른 개들 눈치만 보고 있었던 건 아닐까? 그러다 스트레스를 받아 어디라도 아프게 된 것은 아닐까?

보리와 함께 살면서 나는 몇 번이나 녀석의 꿈을 꾸었다. 이상하게도 꿈속에서는 매번 보리를 잃어버리고 찾아다녔다. 내가 처음으로 온전히 책임져야 할 말 못하는 어린 생명에 대해 내심 염려를 하고 있었나 보다. 몽골에서도 보리 꿈을 꾸었다. 어린 아이를 떼어놓고 온 엄마들의 마음이란 게 이런 걸까? 고작 강아지일 뿐인데.

강아지 한 마리 키우는 것도 이런데, 만약 아이가 있었다면 어땠을까? 꿈을 깬 아침에 생각했다. 다른 엄마들처럼 쉽사리 떠나지 못했을 거야. 돌봐야 할 가족이란 세상을 훌훌 떠다니려는 자들의 발목을 붙잡는 법이니까. 생각이 꼬리를 이었다. 역마살이 있거나 자유로운 영혼이어서가 아니라, 내가 직장이나 가족에게 소속되어 있지 않아서 이렇게 떠날 수 있는 것이라고. 다행히 아무에게도 발목을 붙잡히지 않아서. 아무에게도 발목을 붙잡히지 않아서, 나는 '다행'인 걸까?

의외로 깡패

처음으로 길게 집을 떠나 있었던 것인데도 보리는 생각보다 잘 적응했다. 심지어 보리는 '깡패처럼' 잘 놀았다고 했다. 저보다 큰 개 앞에서도 쫄지 않았으며, 사교적이라고 말할 수는 없어도 다른 개들 사이를 열심히 누비고 다니고, 혼자서도 꿋꿋했다. 겁 많고 소심하다고 생각했는데. 보리야말로 자유로운 영혼의 강아지인 걸까? 세상에 무서운 것이 있는 줄 모르는 하룻강아지 보리.

닭발 껌

그 여름 몽골여행에서 처음 알았다. 말들이 긴 목을 땅에 경배하듯 한껏 숙이고 대지에 뿌리박은 풀을 뜯는 소리가 얼마나 우렁차고 경쾌하고 깊은지. 그건 꼭 에밀레 동종을 타종할 때 마지막 종소리가 종신(鐘身) 아래 명동(鳴洞)에 고여 쉽게 사라지지 않고 웅웅웅 공명하며 공기 중으로 퍼지는 것과 같았다. 그건 풀을 뜯으며 대지와 공명하는 말들만이 낼 수 있는 소리였다. 사람이 주는 풀이나 사료가 아니라 저 스스로 먹을 풀을 뜯는 대지의 말들만이 낼 수 있는 종소리.

갇히지 않은 말들이 아름다운 건 그 때문이라는 걸 나는 그때 처음 깨달았다.

초원의 말들이 풀 뜯어먹는 소리에 비할 것은 못되지만, 집에서도 가끔 유사한 소리를 들을 수 있었다. 보리가 내는 소리였다. 우렁찬 소리를 내며 기세도 좋게 잘도 먹었다. 콜라겐 함량이 많아 씹을수록 쫄깃하고 피부에 좋다는 닭발 껍.

자유의 대가

'프리랜서'라는 말은 중세시대 용병단에서 유래한 말이라 했다. 어느 군에도 소속되지 않고 보수 합의만 되면 언제든 계약을 맺어 싸워줄 수 있는 자유로운(free) 창기병(lance, 槍騎兵), 그들이 프리랜서였다. 이십대 초반에는 막연하게 '글을 써서 먹고 사는 프리랜서'가 되고 싶었는데, 어쩌다 보니 정말 프리랜서로 살게 되었다. 그렇다고 꿈을 이루었다거나 바라던 대로 되었다는 생각은 들지 않았다.

프리랜서의 어원을 알게 된 이후 나는 왕가위의 영화 <동사서독(東邪西毒)>이 떠올랐다. 장국영이 맡았던 백타산의 구양봉이나 양조위가 연기한 눈이 멀어가는 무사 맹무살수, 가진 것 없는 변방의 검객

홍찰이 원래 의미와 가까운 프리랜서이겠다.

사막 한가운데 여관을 개업하고 살인청부업을 하고 있는 구양봉은 10년 전 유명한 검객이 되기 위해 고향을 떠났다. 사랑하는 여인까지 버리고 떠났으나 세상에 나가 유명세를 얻기보다는 인간세의 비정함만 지독하게 깨우치게 된 자다. 냉소와 고독을 매끼 식사처럼 달고 산다.

구양봉만 그런 게 아니라 그를 찾아오는 인물들은 모두 지나치게 고독하다. 장국영이나 양조위, 장만옥, 임청하, 양가휘 같이 으리으리하게 멋진 배우들이 영화 속에서는 그 누구와도 관계를 맺지 못하고 저마다 혼자다. 검객이라고 했지만 다른 무협과는 다르게 정작 그들이 맞서 싸우는 대상은 마적단이기보다는 스스로가 가진 상처이고, 상처를 벗어나지 못하는 자신이다. 홍칠 한 사람만 그 굴레를 벗어나 아내와 함께 사막을 떠났다. 겨우 달걀 하나를 받고 어린 여인의 복수를 대신 해줄 싸움을 하느라 손가락 하나를 잃었지만, 자신이 가진 깊은 상처 말고는 그 어디에도 속하려 하지 않는 다른 주인공들에 비하면 그는 이 영화에서 유일하게 고독에서 탈출한 등장인물이다.

프리랜서의 어원이 창기병과 관련되어 있다는 건 참으로 의미심장하지 않은가? 그건 창이나 검을 휘둘러 싸운다는 의미이고, 창과 검이 순전히 자신의 기량과 노하우로 갈고 닦은 것이어야 한다는 뜻이다. 조직의 규모나 명예, 이름 뒤에 숨을 수 없으니 소위 말하는 '빽'이 있을 리 없다. 어디에도 속하지 않음으로써 발생하는 모든 일들을 저 혼자 감당함으로써 비용 정산을 해야 한다. 자유는 혼돈과 황망, 불안과 고독과 맞바꾼 단 하나의 교역품이다. 그런 점에서 이 영화는 세상의 모든 프리랜서에게 바치는 영화라 해도 좋겠다.

'금년엔 오황이 태세를 만나서 천하가 가뭄에 시달렸다. 가뭄을 당하면 문제가 생기고 나도 일거리를 얻게 된다.'

영화 서두에서 구양봉의 내레이션은 이렇게 시작된다. 까다로운 광고주와 급박한 시한에 시달리는 광고회사가 카피 가뭄을 당하면 문제가 생기고, 그러면 나도 일거리를 얻게 된다. 1994년 영화가 처음 개봉될 때는 몰랐는데 2008년에 다시 개봉한 <동사서독 리덕스(Ashes Of Time Redux)>를 보고 있으려니, 내가 서있는 곳도 사막이었다. "산 너머에 무엇이 있을까?"라는 질문에 "또 다른 사막이 있지." 라고 답하는 구양봉의 마음을 아는 진짜 프리랜서가 되어 있었다.

'복사꽃이 시들기 전에 빨리 와야 할 텐데. 꽃은 언제 피는지 알 수 있지만, 마적단은 언제 올지 알 수 없다.'

맹무살수의 말을 따라해 본다. '꽃은 언제 피는지 알 수 있지만, 일은 언제 들어올지 알 수 없다.' 거봐, 보리야. 자유가 늘 자유로운 것만은 아니라고. 누나의 제재를 받지 않고 밖으로 뛰쳐나가 제멋대로 돌아다니고 싶겠지만, 자유로운 인생이 감당해야 할 고독과 고뇌가 있는 거란다. 자유에 대해 한 수 가르쳐주려고 했더니, 철딱서니 없는 어린 강아지 보리는 나의 말을 이렇게 알아듣는다.

'사료는 언제 주는지 알 수 있지만, 간식은 언제 줄지 알 수 없다.'

프리, 그 무거운 말

가족과 조직, 소속과 위계를 중시하는 이 나라에서 어쩌다 나는 줄곧 비혼(非婚)의 프리랜서로 살게 되었다. 덕분에 직장상사나 선배의 부당한 명령과 잔소리에 좌불안석이 되어 건강을 해치거나 가족을 먹여 살리느라 삶이 무거워진 기혼자들과는 영 다른 삶을 살게 되었다.

그렇다고는 해도 프로젝트에 따라 마음에 들지 않는 팀원들과 일을 하느라 스트레스를 받게 될 때도 있고, 얼토당토않은 요구를 해대는 광고주들을 만나 내색을 못하기는 마찬가지이다. 갑을(甲乙) 관계가 아니라 광고회사로부터 재하청을 받는 '을병(乙丙)' 관계로 일하거나 심지어는 '정(丁)'의 처지가 되다 보니 분통이 터지는 일도 더러 있다. 프리랜서에 더해 비혼자라는 건 이 사회에서 그 어떤 권리나 혜택도 받지 못하는 소외된 자이기도 하다.

'프리'란 말은 그 자체로 무서운 말이다. 최소한 무거운 말이다. 어디에도 매이지 않았으니 갓 우화한 잠자리처럼 훨훨 가벼울 것 같지만, 말의 중량은 오래 산 코끼리처럼 무겁다. 통제를 받지 않는다는 뜻이 있는가 하면, 아예 아무것도 없다는 뜻도 있다.

비혼의 프리랜서가 통제를 받지 않는 건 가족과 출퇴근 시간이고, 없는 건 소속집단과 월급이다. 다 자란 길고양이나 나비들처럼 어디에도 소속되어 있지 않다는 것은 멋진 일이긴 하다. 그들이 가끔 아첨기라고는 조금도 없이 오만하게 외로운 표정을 짓고 있어도 봐줄 만한 건 그 때문이다.

어떤 일을 하든 혼자 결정하고 혼자 해야 한다는 것. 자유롭겠다고? 물론 그렇다. 하지만 '자유롭다'는 한국말은 'free'라는 영어가 가진 뜻을 온전히 다 포함하지 않고 있다는 게 나는 좀 아쉽다. 자기 뜻에 따라 마음대로 할 수 있다고만 생각하지, 진짜 그랬다가는 국물도 '없다'는 것을 사람들은 애써 잊는다. 국물도 없이 빽빽한 그 자유의 뒷골목에는 종종 고독과 외로움이 도사리고 있다.

고독 vs 외로움

20대 친구들과 이야기를 나누다가 요즘은 '고독'이라는 말이 거의 사용되지 않고 있다는 것을 알았다. '외롭다'는 말이 스타벅스 프라푸치노 위에 수북이 올린 슈크림처럼 차고 넘치는데 비해 '고독하다'는 말은 어느새 잊힌 언어가 되어 있었다. 사람들은 이제 자주 외롭고 좀처럼 고독하지 않다. 데이비드 리스먼(David Riesman)이 '고독한 군중(Lonely Crowd)'이라고 했을 때 그것이 현대인의 고립감과 불안을 말하는 것이었다면, 오히려 '외로운 군중'이라고 번역되었어야 했다. 지구를 가리키는 'Lonely Planet'이 '외로운 행성'이 아니라 '고독한 행성'인 것과는 달리.

고독은 고요와 단짝이다. 외로움은 고요를 견디지 못한다. 고요, 19세기 초 영국의 해군제독 보퍼트가 고안한 '보퍼트 풍력계급(Beaufort wind scale)'의 0에 해당하는 상태. 해상(海上)에서는 수면이 잔잔하여 해면은 거울과 같고, 육상에서는 연기가 수직으로 올라가는 0~0.2m/s의 풍속을 보퍼트 풍력계급에서는 '고요'라고 부른다. 고요, 영어로는 Calm. 그러므로 움직임도 흔들림도 없는 평온과 침착의 상태. 이 상태가 흔들리면 수면에는 비늘과 같은 잔물결이 일기 시작한다. 더 나아가면 흰 거품이 있는 물결이 생긴다. 바람이 더 강해지면 산더미 같은 파도나 물보라가 친다. 총 13계급으로 구분되는 보퍼트 풍력계급에 비유한다면 고독은 고요의 상태이고, 외로움은 단계에 따라 나머지 12계급의 상태와 같은 것이다. 외로움이 심해질수록 나무처럼 흔들리고 넘어지고 앞을 보기 힘들어진다. 그리고 마침내 뿌리 뽑힌다.

외로움은 옷을 여며도 몸속으로 파고드는 한겨울 칼바람과 같다. 반면 고독은 적당히 데워진 겨울 방바닥 같아서 따스하고 웅숭깊다. 외로움에 민감한 자들은 외롭지 않기 위해 술을 마시고 기를 쓰고 노래를 부르고 비틀비틀 걷고 누구든 만나 섣부른 사랑을 속삭이려 한다. 그것으로도 채워지지 않으면 무슨 일이든 저지르려 한다. 외로움이 고요를 견디지 못한다는 건 그런 뜻이다. 고독은 처음부터 채워진 것이어서 아무것도 더하거나 갈구할 필요가 없다.

나는 종종 고독하고 가끔은 외로웠다. 외로운 시간은 나를 옭매었고 고독한 시간은 나를 자유롭게 했다. 고독했기 때문에 자유로운 것인지, 자유롭기 때문에 고독한 것인지 몰라도 고독과 자유는 심장이 하나인 샴쌍둥이와 같다.

청춘의 시절을 지나며 외로움과 고독의 분량은 조금씩 자리를 뒤바꾸더니 마침내 역전되었다. 40대를 지나는 동안 고요 속에서 고독을 깨닫는 순간들이 점점 더 좋아졌다. 고독은 다크 초콜릿처럼 달콤쌉싸래하다는 것을 알게 되었다는 것만으로도 나이를 먹는 건 괜찮은 일이다. 예전 TV CF처럼 외투 앞섶을 열어 나를 안아줄 품이 없다 해도 개의치 않을 만큼 비혼의 프리랜서로 사는 것은 괜찮은 일이었다.

그렇긴 해도 어두운 고속도로를 오래 달려 혼자 집으로 돌아오는 밤, 하필 붉은 보름달이나 뾰족한 초승달이 뜬 날이면 그 순간 내가 느끼는 것이 고독인지 외로움인지를 구별하기는 쉽지 않았다. 고독과 외로움은 달과 달무리처럼 중첩되기도 하니까. 그런 밤이면 짧은 꼬리를 흔들며 현관에서 나를 반겨주는 보리에게도 외로움 같은 것이 한 움큼씩 묻어 있곤 했다. 보리도 외로울 때와 고독할 때가 따로 있다는 것을 알아갔다. 녀석도 외롭거나 고독하거나 둘 다 일 때도 있을 것이다.

한 집에서 우리는 각자 고독을 즐겼고 외로움을 나누었다. 동사서독의 구양봉이 새장 대신 개집을 가져다놓고 오갈 데 없는 사막의 개를 한 마리만 거두었어도 그의 생이 그렇게 냉혹하고 그렇게 외롭지만은 않았을 것이다.

외로우니까 먹는 거다

가끔 보리는 똬리를 튼 뱀처럼 제 집 안에 들어앉아서 불러도 나오지 않고 눈만 동그랗게 뜨고 나를 바라볼 때가 있다. 보리야, 뭐 해? 물어

봐도 미동도 않는다. 귀찮다는 듯 고개를 돌리기도 한다. 그럴 때면 나도 더 이상 묻지 않는다. 누구나 혼자 있고 싶은 때가 있는 법이니까.

하지만 우리가 아무리 외롭다 해도 냉동실에 들어있는 고등어나 오징어만큼은 아니다. 하루 전만 해도 어물전에서 파닥파닥 살아있던 것들이 오늘 저녁 찬거리로 한 마리씩 분리돼 비닐 팩에 담겨 냉동된다. 냉동실에 들어간 생선은 영하의 온도 때문이 아니라 외로움 때문에 얼어붙는 거야. 아주 먼 바다로부터 떨어져 나온 고립감, 호흡을 잃어버린 상실감, 생전 처음일 것이 뻔한 소외감. 이런 고등어나 오징어를 생각해보면, 보리야, 외롭다고 해서 그렇게 웅크리고 있을 것까진 없어.

그러므로 우리가 냉동된 생선을 먹는 건 외로움으로 얼어붙은 목숨 하나를 집어 삼키는 거라고. SNS를 통해 종일 세상의 수많은 사람들과 연결되어 있으면서 전화기도 없던 시절의 사람들보다 점점 더 외로워지는 건 냉동된 생선을 많이 먹기 때문이라고. 오도 가도 못할 좁은 공간 안에서 한때 저 먼 바다를 누비던 빛나던 것들이 하얗게 얼어붙은 것도 외로워서이고, 혼자서는 한 번에 다 먹을 수 없는 생선을 몇 마리씩 사서 냉동실을 채워놓는 것도 외로워서라고. 우주 공간은 영하 270도쯤 된다는데, 그렇다면 우주에 떠있는 행성들이나 태양계의 자그마한 행성에 불과한 지구는 모두 냉동실 속 물고기처럼 꽁꽁 얼어붙어 있는 상태가 아니겠어? 그러니 우리 모두 외로울 수밖에 없는 거라고, 나는 보리를 앉혀놓고 엉덩이를 토닥거린다. 듣는 둥 마는 둥 했지만 영리한 보리는 내 말을 다 알아들었을 거다.

그런 저녁, 나는 가능한 더 맛있게 생선을 구워서 보기 좋게 상을 차리고 맥주 한 잔 곁들인다. 소금 간을 하지 않은 생선살을 하얗게 발라 보리 입에도 한 번씩 넣어주면서. 외로움이라는 생물(生物)은 한입에 얼른 먹어치워야만 한다. 그래야 외로움에게 먹히지 않을 수 있다.

때려치울까?

잘 나가던 광고쟁이들은 종종 광고를 때려치우고 셰프가 되거나 식당을 차리곤 했다. 광고와 요리가 둘 다 창의적인 일이고 둘 다 서비스 업종인 건 알겠는데, '때려치운 광고쟁이'들이 하필 요리로 빠지는 데는 무슨 특별한 인과관계가 있는 걸까? 나도 내 마음에 드는 손님만 골라 받는 내 멋대로 밥집이나 주막을 차려볼까 슬쩍 마음이 동한다.

나는 벌써 백석 시의 한 구절을 빌려 이름까지 지어놓았다. 이름하여 '이즈막하야'. "이즈막하야 밥이나 한 번 먹자."라거나 "이즈막하야 술이나 한 잔 할까." 사람들이 이렇게 생각할 때마다 찾아오는 작고 소박하고 아늑한 가겟집. 외롭거나 고독하거나 둘 다이거나 조금 쓸쓸할 때, 그러니까 자신도 모르게 생의 '흰 바람벽'(*백석 시, '흰 바람

벽이 있어')을 느낄 때면 혼자거나 둘이거나 또는 서넛까지만 함께 와서 앉을 수 있는 너무 왁자지껄하지 않는 그런 집. 술을 마시며 책을 읽거나 밥을 먹다가 문득 여행을 떠나고 싶어지는 그런 곳 말이야.

보리 네가 왕왕 짖어대지만 않는다면 '이즈막하야'의 마스코트가 될 수도 있을 텐데. 새벽까지 혼자 머리를 싸매고 끙끙대는 프리랜서 카피라이터 집 강아지보다는 사람들이 아주 드물지는 않게 찾아오는 밥집이나 술집 강아지로 사는 게 더 근사할 것 같지 않니? 보리를 끌어 앉혀놓고 진지하게 묻는다.

응, 그렇긴 할 것 같네. 먹을 것도 더 많아질 테고. 그런데 일단 누나가 '잘 나가는' 광고쟁이가 되어야 일을 확 때려치울 텐데, 여전히 변방의 카피라이터이니 잘 나가볼 때까지는 하던 일을 계속 하는 것이 어때? 냉정한 보리 놈, 고개를 획 돌려버리는 걸 보니 이렇게 생각한 것이 틀림없다.

사람과 개의 차이1

나는 아무리 배가 고파도 보리의 사료를 탐내지 않는데, 보리는 배가 고프지 않아도 늘 내가 먹는 것을 탐낸다. 그게 사람과 개의 차이이다.

사람과 개의 차이2

반려견에게 사람의 음식을 주면 안 된다는 것쯤은 나도 잘 알고 있다. 잘 알고 있다고 늘 지킬 수 있는 건 아니다. 커다랗고 까만 눈을 동그랗게 뜨고 나를 빤히 올려다보며 간청의 눈빛을 발사하는 작고 귀엽고 사랑스런 생명체를 모른 척 하고 육즙 가득한 고기를 내 입 안에만 넣는 건 어지간한 철면피 아니고서야 힘든 일이다. 그렇다고 사람 입맛에 맞춰 짜고 맵고 달게 양념한 음식을 강아지 입속에 넣어줄 수는 없다. 덕분에 나는 종종 고기와 생선, 두부 같은 음식을 아무런 양념도 하지 않고 요리하게 되었다. 나야 온갖 종류의 드레싱을 따로 뿌려 먹으면 되니까. 언젠가부터 보리는 "오늘은 너 줄 거 없어."라는 말을 알아듣게 되었고(아님 냄새로 먼저 파악하는 걸까?), 채소 반찬만 있는 날엔 예의 그 눈빛 미사일을 쏘지 않는다.

이제 너도 다 컸으니 누나랑 한 잔 마셔볼래? 장난기가 발동해 보리 코앞에 술잔을 내민 적이 몇 번 있다. 근엄한 서생처럼 고개를 돌리고 뒤로 물러나 앉는다. 개들은 태생적으로 알코올 냄새를 싫어하는 것일까? 그리고는 늘상 '안주발'만 세운다. 풍류와 여흥을 모르는 것, 그게 바로 사람과 개의 차이다. 개와는 달리 사람은 늘 말짱한 제정신으로만은 살 수 없다는 것도.

일단 똥부터 치우고

정신없이 바쁘거나 만사가 귀찮을 때가 있다. 간혹 나는 이 집의 공동 사용자답게 보리가 한번쯤은 집안일도 좀 했으면, 하는 부질없는 상상을 한다. 전래동화 속 우렁각시 얘기 못 들어봤니? 집안일은 관두더라도 이제 네가 마실 물 정도는 직접 따라 마실 수 있잖아? 그렇게 물그릇을 박박 긁으며 쳐다보지만 말고. 그러면서 나는 큰 대(大)자로 널브러져 보리를 쳐다본다.

보리는 제 방석 위에 얌전히 펼쳐놓은 담요를 또 밖으로 잡아채놓았다. 화장실에서 볼 일을 보고 젖은 발로 집안 여기저기에 얼룩얼룩 자국도 남겨놓았다. 등을 구부정하게 굽힌 채 고개를 떨구고 가만 앉아있는가 싶더니 주억거리며 컥, 먹은 것을 게워놓는다. 그것도 맨 바닥이 아니라 매번 카펫이나 매트, 이불 위에. 어지럽히기만 하고 정리하는 일은 결코 없는 반려자. 강아지니 망정이지 배우자나 아이들이 그랬다가는 성질을 내고 말 것이 분명하다.

아, 또 치울 것을 만들어놓은 보리 덕분에 천근만근 움직이기 싫은 몸을 일으킨다. 눈치는 있는지 이럴 땐 놀아달라며 달려들어 보채지 않는다. 일단 욕실 바닥에 보리가 눈 따끈한 똥부터 좀 치우고.

누룽지 냄새

프로젝트 두어 개가 겹치고 마감시간이 다가오면 집안일은 뒷전이 된다. 닷새를 넘기고 열흘을 넘기도록 보리를 씻기지 못한다. 광고주의 요구사항은 까다롭고 시장상황은 불리하고 아이디어는 막막하여 회의가 수차례 반복될수록 보리는 점점 더 꾀죄죄해져 주인 없는 강아지 꼴이다.

겨우 밥을 주고 뒤처리를 해줄 뿐 씻기지 못한 강아지에게서는 쿰쿰한 냄새가 난다. 예민한 사람이라면 질색을 하겠지만 반려견, 반려묘를 키우는 사람이라면 이 정도 냄새는 대수롭지 않게 여길 수도 있어야 한다. 냄새가 나는 건 사실이지만, 이봐, 누룽지 냄새처럼 구수하지 않아? 사람도 아니고 강아지니까 괜찮아. 나도 몽골의 사막을 가로지르거나 시베리아횡단열차를 타면서 3박4일 동안 샤워 한 번 못한 적도 있는 걸. 사람이나 개나 어쩌다 몰골이 말이 아니게 더러워지더라도 꼭 나쁜 일만은 아니야. 이렇게 보리에게 말한다. 나 스스로를 합리화하기 위해서.

너, 어디쯤 지나고 있니?

한동안 산책도 못하고 집안에서 숨바꼭질 놀이도 안 해주고 자주 혼자 두는 가을날이면, 보리 기분도 잔뜩 흐려졌다. 혼자 웅크리고 누운 보리의 눈빛이 쓸쓸했다. 오전에 나눠 먹은 삶은 밤이나 고구마 같은 걸 다 토해내고 배가 홀쭉해진 녀석.

녀석은 지금 제 인생의 어디쯤을 지나고 있는 중일까? 갑자기 궁금해지고 또 안쓰러워져서 가만히 있는 보리를 들어 올려 꼬옥 안아주었다.

07

닮아간다

아이디어에는 산책이 딱인데

누나는 왜 낮에는 글을 쓰지 못하는 걸까? 양계장에서는 24시간 인공조명을 켜놓고 닭들에게 하루 종일 사료를 줘 살을 찌우고 알을 낳게 한다는데, 누나도 낮에 암막커튼을 쳐줘야 글쓰기가 가능해질까? 전화가 오는 것을 보아서는 마감에 쫓기는 것이 분명한데도 낮에 누나는 이 방 저 방 오가며 혼자 잘 놀고 있는 내게 실없이 말을 걸기도 하고, 냉장고 문을 자주 열었다 닫았다 하고, 더운 차를 끓였다가 얼음 넣은 커피를 마시기도 한다. 덕분에 나는 '갈팡질팡'이란 말이 무슨 말인지 바로 이해하게 되었다. 그럴 바에야 나를 데리고 산책이나 갈 일이지.

세상에서 가장 어려운 일

아주 옛날 내 할아버지의 증조할머니의 고조부 때는 다 큰 개든 웬만큼 자란 강아지든 각자의 일이 있었다. 지역에 따라 다르기는 했지만, 양이나 소를 치는 일을 하고 사냥을 돕거나 짐수레, 썰매를 끌기도 했다. 사는 동안 내내 해야 할 일들이 있어서 그것으로 삶이 충만

했다. 대부분의 인간들처럼 개들도 그랬다.

수십 년 전 한국 땅에도 일하는 개들이 부지기수였다. 개들은 사람들이 가장 소중하게 생각하는 재산이자 가족의 터전인 집을 지켰다. 잠을 자다가도 낯선 인기척이 들리면 귀를 바짝 세우고 주변을 살폈다. 누가 시키지 않아도 본능적인 일이었다. 그 대가로 사람들에게 밥과 집을 받았다. 그건 매우 적절한 보상이었고 합리적인 관계였다. 집을 지키는 개와 주인이 친구가 되고 가족이 되는 건 오랜 시간 한 집에 사는 자들 간에 자연스럽게 이루어지는 당연한 결과였지 유일한 목적은 아니었다.

지금도 일하는 개들은 얼마든지 있다. 경찰견, 마약탐지견, 인명 구조견, 경비견, 안내견……사람들에게 직업이 있는 것처럼 특별한 일에 종사하는 근사한 개들 말이다. 하지만 요즘 도시에 사는 개들 대부분은 다 자랐거나 덜 자랐거나 평생 '강아지'로 불리며 아무 일도 하지 않는다. 하기 싫어서가 아니라 할 일이 주어지지 않기 때문이다. 노동력과 노동 의지가 충분한 사람들조차 할 일을 빼앗기는 일이 허다한 마당에 강아지의 노동을 걱정하는 이들은 아무도 없다. 강아지들은 마을이나 마당이 아니라, 그러니까 세상이 아니라 제한된 공간인 집 안에 머무르며 움직이는 인형처럼 '애완(愛玩)'의 생을 살게 된 것이다. 애완견이라니!

'pet dog'이나 심지어 'toy dog'이라는 용어는 한 종족에게 붙이는 이름으로는 참으로 고약하고 무례하다. 사람들은 무언가를 언어로 한번 규정해놓고 나면 모든 행동과 사고와 관점을 언어에 맞춰 일제히 획일화한다. 인간의 언어는 그만큼 위험하다.

개가 아니라 애완견이 된 강아지들은 주체적이고 독립된 생명체가 아니라 사람의 사랑을 끼니처럼 먹고 사는 수동적인 대상이 되어 버렸다. 지금처럼 많은 사람들이 애완견을 소유하게 된 것은 최근 100년 안팎이라고도 하지만, 고대 왕실이나 귀족계층에서 '유희용'으로 기르던 것까지 감안하면 유감스럽게도 그 역사는 짧지 않다.

어차피 야생에서의 삶이 아니니 집과 먹이를 주는 사람에게 종속될 수밖에 없지 않느냐고 말하는 이도 있겠지만, 내가 생각하기에 개과의 포유류가 사람의 집으로 들어간 1만 5천여 년 역사에서 애완견이라는 호칭으로 불리던 세월은 '흑역사'라 할 만하다. 그나마 다행한 일은 인간은 생물학적 진화가 멈춘 이후에도 스스로 사회적 진보를 거듭하는 동물이어서, 근래에는 애완견이라는 용어를 자체 폐기하고 '반려견'이라는 말로 대체했다는 것 정도일까? 덕분에 우리는 양을 치거나 집을 지키는 기능적 임무 대신 '인간 가족으로 살아가기'라는 관계의 임무를 떠맡았다. 그 임무가 얼마나 큰 인내심을 요구하는 일인지 인간들은 까맣게 모르고 있을 거다. 물론 우리 누나도.

뜻밖의 진화

하루는 누나가 영국 출생의 고고학자 브라이언 페이건(Brian Fagan)이 쓴 『위대한 공존』이라는 책 중 개와 관계된 내용을 펼쳐 읽어주었는데, 기억나는 건 딱 한 줄이다.

'늑대는 인간을 만나 개가 되었다.'

내 귀에는 이렇게 들렸다.
'개는 인간을 만나 반려견이 되었다. 인간과 유사한.'

바라는 게 너무 많아

나로 말할 것 같으면 오래전 애완의 시대에 인간을 위해 품종 개량된 요크셔테리어의 피를 물려받았다. 다양한 테리어 종(種) 중에서 작고 귀여운 외모와 영리한 성격으로 원산지 영국에서 세계 도처로 널리 퍼져나갔다는 건 다 아는 사실이다. 언젠가 요키와 함께 사는 자들이 이구동성으로 말하는 것을 들었다. 우리들이 말티즈나 포메라니안 같은 애들과는 달리 순하지 않다는 거다.

"영리하긴 한데 성격이 까칠해요."

이런 말도 들었다.

"괜히 짖어대는 일도 많죠."

그런 폄하의 말에,

"우리 집 애도 그래요."

맞장구치는 소리도 들었다.

한술 더 떠서 누나는 이렇게 말했다.

"맞아요. 얘가 이제 사람 말을 다 알아듣는 거 같다니까요. 문제는 다 알면서 말을 듣지 않는다는 거죠."

인간들이란 반려동물에게 요구사항이 너무 많다.

강아지는 주인을 닮는다는 말

순둥이들과는 달리 내가 소위 '프로 불편러'인 것은 맞다. 반려견을 애교로봇쯤으로 생각하는 이들이 있는데, 나로서는 천부당만부당한 일이다.

두 살 무렵이었다. 그날따라 동물병원에서 미용하는 이의 손길이 불편해 내가 심기를 좀 드러냈더니, 미용이 끝난 후 원장 선생님이 누나에게 이런 말을 했다.

"강아지는 원래 주인을 닮아가는 건데 말이죠."

물론 웃으면서 농담으로 한 말이었다. 그로부터 머지않아 누나가 나를 다른 동물병원에 데려가기 시작한 것이 설마 그 말 때문은 아니었겠지?

한 사람 두 목소리

"아이고, 착하다, 우리 강아지."

"보리군, 밥 다 먹었쪄요? 잘 했쪄요."

누나가 나를 칭찬할 때 하는 말이다. 평소와 달리 혀 짧은 소리를 내는 것이 좀 간지럽기도 하지만, 다섯 살이 되고 열 살이 되어도 두 살배기 취급하는 것은 사람들이 반려견을 사랑하는 나름의 방식이다. 사람들은 애교를 유독 중요한 미덕이라고 생각하니까.

"야, 보리 이 녀석, 너 이리로 안 와?"

누나가 이렇게 말할 때는 수달처럼 재빨리 몸을 숨기는 것이 상책이다. 평소보다 높고 빠른 톤으로 같은 말을 여러 번 반복하는 걸 묵묵히 참고 듣고 있어야 하거나, 잘 해봐야 물티슈로 엉덩이를 여러 번 닦일 뿐 좋은 일이 일어나지 않기 때문이다.

내가 처음부터 누나 말을 다 알아들을 수 있었던 건 아니다. 사람과 개의 언어는 목성의 위성인 유로파와 가니메데처럼 서로 다르다. 내가 누나의 말을 어지간히 이해하기까지는 5년, 아니 그보다 더 많은 시간이 필요했다. 누나가 내 말을 삼십 분의 일쯤 이해하는 데는 9년, 아니 12년이 더 걸렸다. 그게 사람과 개의 차이다.

개가 사람의 말을 이해할 수 있는 이유는 사람의 안색과 표정과 목소리 톤과 호흡과 행동과 분위기를 두루 살피기 때문이다. 사람이 개의 말을 이해하기 어려운 이유는 그들이 자신의 말만 하기 때문이다. 조상대대로 이어받은 타고난 인내심이 없었다면 개들은 사람과 함께 살기 어려웠을 거다.

기초용어 배우기

이제 와서 하는 말이지만, 몇 년이 지나도 누나는 내가 하는 말을 이해하지 못했다(이해하려고 하지 않았다). 누나와 함께 살기 시작했을 때 나는 막 한 살이 된 어린 강아지였기 때문에 초기엔 별 문제가 없었다. 누나가 고소한 냄새가 나는 간식을 들고 와서 "보리야, 앉아!"를 처음 시켰을 때, 눈치 빠른 나는 딱 세 번 만에 누나의 말을 알아들었다. 바로 눈앞에서 한 번의 실수도 없이 척척 앉는 나를 보고 누나는 매우 기뻐했다. 그때마다 쫄깃쫄깃한 간식이 내 입으로 들어왔다. 누나에게도 내게도 윈윈(win-win)게임이었다.

다음날 누나는 "손!"이라는 새로운 말을 가르쳐주었다. 오른쪽, 왼쪽 번갈아 가며 내 앞발을 들었다 놨다 하면서 그때마다 간식을 주었다. 나는 누나가 "손!"이라고 말하면 아무 쪽이나 내키는 대로 앞발 하나를 들어 누나 쪽으로 조금 내밀어 보였다. 누나는 어제처럼 매우 좋아했다. 누나가 좋아했으므로 내 앞발이 손이 되는 것쯤은 아무래도 좋았다.

다음날 누나는 다시 "보리야, 누워."라는 새로운 말을 들고 왔다. 나는 등을 방바닥에 대고 잠시 누우면 또 맛있는 간식을 먹을 수 있다는 것을 알게 되었다. 그런 것쯤이야말로 누워서 떡먹기였다.

이후 누나는 "앉아, 손, 누워."의 3종 세트를 연속으로 주문했다. 앉고 손을 내밀고 등을 바닥에 대고 누울 때마다 간식과 칭찬과 누나의 웃음이 따라왔으므로, 나도 누나와 3종 세트 놀이를 하는 것이 좋았다. 하도 많이 해서 나중엔 누나가 "보리야, 앉아."만 해도 자동으로 손을 내밀게 되었다. "손."이라고만 해도 내 등이 저절로 바닥에 닿기도 했다. 더 시간이 흘러서는 누나가 간식을 들고 와서 아무 말도 안하고 가만히 나를 보고 있으면, 나도 모르게 조바심이 나서 재빨리 눕는 시늉을 하고 일어났다. 그럴 때면 누나가 간식을 든 손을 뒤로 숨기며, 등이 바닥에 닿지 않았다는 이유로 무효 처리를 해서 두 번, 세 번, 다시 누웠다 일어나야 했다. 더 나이가 들어서는 좀 귀찮아졌지만, 3종 세트 놀이는 지금도 이따금 누나와 내가 즐기는 놀이다.

다만 다른 가족들이나 손님들이 와서 "앉아, 손, 누워."를 시킬 때면 그들 손에 먹을 것이 있는지 아닌지를 꼭 확인하고 움직였다. 아무 선물도 주지 않으면서 사람들은 나를 자주 시험하려고 든다.

차라리 토끼를 키우지

동물들은 옷을 입을 필요가 없다는 아주 쉬운 상식을 누나는 쉽게 모른 척 한다. 반려견인 나를 사람으로 착각하는 것이거나 반려견이라는 이유로 내가 누나에게 맞춰 살기를 원하기 때문이다. 그런 마음을 전혀 이해할 수 없는 건 아니다. 오랜 시간 함께 살다보니, 나도 내가 사람이라고 생각될 때가 많으니까.

반려견으로 살려면 그렇지 않은 개들과는 달리 지켜야 할 일들이 생긴다. 동네 산책을 할 때는 꼭 줄을 매야 한다거나 어린이 놀이터 안에서는 똥이나 오줌을 누면 안 된다거나 집에서 너무 크게, 너무 자주 짖어서는 안 된다거나 하는 것들. 그리고 또 수많은 것들.

그중 내가 옷을 입는 것이 누나와 가족과 이웃을 위해 필요한 일인지는 모르겠지만, 처음 몇 년과는 달리 네댓 살이 된 이후로 누나는 점점 더 자주 내게 옷을 입혔다. 추우니까, 산책할 때 조금이라도 덜

더럽혀지기 위해, 진드기 같은 벌레들이 붙지 말라고, 그리고 무엇보다, 예쁘잖아! 누나의 이유는 이런 것들이었다.

나도 옷을 입는 것을 아주 싫어하지는 않는다. 새옷 냄새가 궁금하고 신기하기도 했다. 누나가 내게 옷을 입히고 엉덩이를 톡톡 두드려 주거나 나를 버쩍 안아 올려 둥개둥개 하면서 기분 좋아하는 것이 나도 좋았다. 무엇보다 옷을 입으면 산책을 나가게 된다는 것을 알게 되어서, 순순히 머리를 들이밀고 앞발을 옷에 끼워 넣는 데 협조하곤 했다(나중에는 그걸 이용해서 옷만 입혀 놓고 산책을 데려가지 않는 일도 발생했다). 아무리 그렇다 해도 내가 일고여덟 살이나 된 후에 사온 이상한 모자가 달린 옷들만큼은 정말 내 취향이 아니었다. 네 발을 다 옷 속에 넣어야 해서 입고 벗기가 아주 불편했다. 강아지를 분홍 토끼나 푸른 공룡처럼 보이게 하고 싶은 마음은 도대체 무슨 심리인 걸까? 사람을 이해하는 데는 역시 아주 많은 인내심이 필요하다.

늘 사람과 놀아줄 수는 없다

누나가 나를 돌보지 않을 때면 나는 혼자 집안 여행을 즐겼다. 엉덩이를 뒤로 쭉 빼서 가능한 높게 쳐들고 어깨를 낮추고 앞발을 쭉 펴서 한 번, 반대로 어깨를 높이고 엉덩이를 낮추며 뒷발을 쭉 펴서 또 한 번. 연달아 기지개를 펴고 나서 집안을 종횡으로 누비는 거다.

집 안 여행은 하도 많이 해서 구석구석 내가 모르는 게 없다. 베란다에 늘어놓은 화분들 중 어느 것이 물이 부족한지, 어느 꽃이 새로 꽃봉오리를 맺었는지 정도는 단번에 알 수 있다. 향이 강한 허브 류의 식물들을 좋아하긴 어렵지만, 은근하고 미세한 풀냄새와 흙냄새가 나는 화초에 코를 대고 있는 건 기분 좋은 일이다. 누나가 아침마다 투덜거리며 찾아대는 머리끈이 침대 밑에 3개나 나뒹굴고 있는 것도 나는 알고 있다. 갑자기 사라진 수건 하나가 세탁기 뒤쪽 모퉁이에 떨어져 있다는 것도.

남들을 부러워하는 건 바보짓이라고 생각하지만, 하루 종일 아무 일도 하지 않고 구석에 웅크리고 있다가 기분 내키면 얌얌거리며 집 안을 오르내리는 고양이들이 부러워질 때가 있긴 하다. 내 발길이 닿을 수 있는 곳은 아무래도 한계가 있고, 내 눈높이에서 볼 수 있는 건 이미 볼 만큼 봤으니 집 안의 높은 곳을 탐험하고 싶기 때문이다. 아무리 까치발을 해도 내가 책상이나 냉장고 위를 올려다보는 건 불가능하다.

나같이 영리하고 독립적인 강아지들은 의자 위나 테이블 위를 함부로 뛰어다니며 집안을 어지르지 않는다. 강아지들 중에는 그저 먹을 것이라면 사족을 못 쓰고 키가 닿는 곳이면 아무 데나 뛰어오르는 먹보들이 있고, 가족이 외출하고 나면 쓰레기통까지 뒤져 난장판을 벌여놓는 망나니들도 있다. 벽이나 문짝, 하다못해 식구들이 보는 책이나 화장지 같은 것을 박박 긁어 못쓰게 만들어놓는 고약한 강아지들이 있다는 것도 알고 있다. 외롭거나 철딱서니가 없어서이다.

딱 한 번 누나 화장대 위에 뛰어 올라간 적은 있다. 조금 머뭇거리긴 했지만. 크게 숨을 한 번 쉬고 화장대 앞 낮은 의자를 구름판 삼아 껑충 뛰어올랐다. 화장대 위쪽에서 신선한 육포 냄새가 났기 때문이다. 누나가 잠시 자리를 비운 사이였다. 올라가 보니 화장대 위는 침대처럼 내가 몸을 마음대로 돌리고 움직일 만큼 넓고 편한 곳이 아니었다. 물건들이 차지한 자리를 제외하면 길쭉하고 폭이 좁았다. 나는 뛰어 올라간 상태 그대로 꼼짝 못하고 엉거주춤 서있을 수밖에 없었다. 하필 육포는 내가 완전히 몸을 돌려서 고개를 숙여야만 먹을 수 있는 위치에 있었다. 잘못 발을 떼면 아래로 떨어질 것만 같았다. 괜한 짓을 했다 싶었다.

때마침 누나가 돌아와 화장대 위에 올라가 있는 내 모습을 보고 깜짝 놀라더니 이내 웃음을 터트렸다. 그 웃음이 내가 한 일에 만족한다는 뜻이 아니라 내 꼴이 정말로 우스워서라는 것쯤은 금방 알 수 있었다. 웃기만 할 뿐 나를 바로 절벽에서 구해내 안전한 방바닥에 내려놓을 생각은 하지 않았다. 그건 약간의 꾸중과 훈계가 섞인 의도된 행동이라는 것도 알 수 있었다. 만약 그때 누나가 나타나 나를 안아 내려주지 않았다면 얼마 동안이나 그 위에 서있었을지 나도 장담하기 어렵다. 혼자서 다시 뛰어내리는 모험이 필요했을 것이다. 무안하고 부끄러워서 이후로 다시는 그런 시도를 하지 않았다. 꼭 그렇게 하지 않아도 내 육포는 결국 내 입으로 들어오게 되어 있는걸 뭐.

반려견이 늘 사람 가족과 놀아줄 수 없는 것처럼, 사람 가족도 항상 반려견을 끼고 놀 수는 없다. 가족이 좀 더 많았다면 돌아가며 노느라 서로 덜 심심했을지도 모르지만. 어쨌든 나는 누나가 자기 일을 하는 동안 나도 혼자 시간을 보내는 법을 일찌감치 터득해놓았다.

나는 누나와 함께 서울 남쪽 끝 아파트에서 13년이나 살았다. 동향으로 난 집이어서 오전이면 베란다 창을 통해 집 안으로 깊숙이 햇살이 들어오는 집. 낮 동안 잠시 집을 나간 햇살은 오후가 되면 다시 서쪽으로 난 작은 방 창문을 통해 아침보다 조금 더 누운 각도로 집 안에 스며든다. 오전과 오후, 햇살을 따라다니며 나는 혼자 집 안을 여행한다. 햇살이 비추는 쪽에 가만히 서서 명상에 잠기거나(누나는 이러는 나를 보면 늘 "보리야, 무슨 생각해?" 하고 말을 걸어와 깊은 명상을 방해했다), 무대 위 스포트라이트를 받듯 햇살 한가운데 지점을 찾아 배를 깔고 누워(한여름에도 나는 이런 이열치열을 즐긴다) 이런저런 상상을 한다. 그럴 때면 내 등 길이가 열 뼘은 더 자라는 것 같았다. 한두 번쯤은 나도 키가 크고 덩치도 큰 진돗개나 콜리 같은 품종으로 태어났으면 좋았을 거라는 생각도 해봤다. 그랬다면 집 안에서 살지 않고 큰 마당이나 마을 곳곳을 누비며 마음대로 나다닐 수 있을 텐데. 내가 이렇게 거실 바닥 햇살 아래 누워 생각에 잠기는 걸 보면 사람들은 '개 팔자가 상팔자'라는 근거 없는 이야기를 내뱉곤 하지만, 강아지들이 아무 생각도 없이 어리광이나 부린다고 생각하는 거야 말로 생각 없는 일이다.

취미는 사색

한번은 베란다를 어슬렁거리다가 창가에 놓인 수중식물 워터코인 수반의 물을 할짝할짝 핥아 마신 적이 있다. 그 소리에 누나가 깜짝 놀라서 나를 얼른 안아 올려 공간 이동을 하듯 내 물그릇 앞에 나를 옮겨놓았다. 내가 갑자기 단 몇 걸음도 걷지 못할 만큼 목이 말랐거나 아무 물이나 마셔도 된다고 생각할 만큼 분간이 없어서 그런 게 아니었는데도 말이다.

베란다에서 얼지도 않고 용케 겨울을 난 워터코인의 동글동글한 이파리들을 보고 있으려니, 연못에 사는 물고기들이 궁금해졌고, 늪에 산다는 악어 같은 것들이 떠올랐으며, 생각이 넘실넘실 파도를 타서 마침내는 이마가 둥근 고래의 삶이 궁금해졌다. 바다 속에 살며 허파로 숨을 쉬고 수증기를 내뿜는다는 고래. 그런 커다란 고래로 산다는 건 어떤 일일까 생각하니, 나도 모르게 물속에 입을 담그고 싶어졌던 거다. 집 안 여행이든 바깥 여행이든 돌아다니다 보면 이렇게 새로운 궁금증이 생기는 법이다.

나중에 우리, 마당 있는 집에서 살자. 누나가 그런 말을 한 건 꽤 오래 전부터다. 내가 온 지 1년도 안 됐을 때부터. 집을 비우고 먼 곳으로 여행을 다녀올 때마다 아까운 화초가 몇 개씩 말라죽는데도 누나가 베란다에 다시 식물들을 사다 놓곤 하는 것도 이해할 만한 일이다. 사람이나 개나 마당도 없고 흙 한줌도 없는 집에 사는 건 냉장고에 먹을 것이 아무리 풍족하다 해도 궁핍한 일이다.

바깥세상이 궁금한 나는 틈틈이 베란다 창밖을 내려다본다. 아파트 단지에 비둘기보다 작은 사람들이 오고 가고, 그들이 몰고 오는 차들이 드나드는 것이 보인다. 층이 높은 아파트여서 진짜 비둘기나 까치가 갑작스레 눈앞에 쓱 날아가기도 한다. 여름엔 매미가 에어컨 실외기에 붙어 악을 쓰고 울어대기도 한다. 내가 저렇게 종일 울어 젖혔다면 이웃집 사람들은 물론 누나도 산탄총 같은 잔소리를 쏟아 부었을 거다. 동물들 중에 생애 거의 전부를 사람의 삶에 맞추어 사는 건 개의 운명이 아니면 할 수 없는 일이다. 베란다에서 바깥 풍경을 너무 오래 쳐다보고 있으면 아직 마당을 갖지 못한 누나가 걱정을 해서 나는 다시 방 안으로 들어온다.

'로진'은 어떤 녀석이길래

로진은 개다. 반려견으로 살았던 개. 피카소의 개 닥스훈트 '럼프'나 히틀러의 개로 결국엔 주인보다 먼저 불우한 운명을 맞이해야 했던 셰퍼드 '블론디'처럼, 로진은 모두가 알 만큼 유명한 개는 아니다. 그보다는 차라리 우리나라 전라도 임실군 오수면에 전해 내려오는 '오수의 개'가 더 유명할 거다. 사람을 살린 '의로운 개'라 하여 그를 기리는 비석까지 남아 있으니 말이다.

'로진'이라는 이름이 지금까지 남아있는 건 역시 그의 주인 덕분이다. 주인은 로진을 무척 사랑하여, 자신의 책 한 꼭지를 따로 떼어 그에 대해 기록해두었다. 사랑하면 기억하고 싶어지고, 기억하고 싶은 사람들은 뭐라도 기록을 남겨두는 것이다.

로진과 로진의 주인, 그러니까 『내 방 여행하는 법』이라는 책을 쓴 군인 그자비에 드 메스트르(그는 이 책으로 작가가 됐다)에 대해 알게 된 건, 어느 날 누나가 내게 이 책을 읽어주었기 때문이다. 누나는 책상 앞 의자에 엉덩이를 걸치고 책상 위로 두 다리를 쭉 뻗어 올렸다(바쁜 일이 끝났다는 뜻이다). 나를 허벅지 위에 앉혀놓고 누나가 읽던 책을 읽어주었다. 바로 이 부분이었다.

'같이 지낸 지는 햇수로 6년인데 서로 데면데면한 적이 한 번도 없다. 소소하게나마 투닥거렸을 때, 언제나 내 쪽에 더 큰 허물이 있었음에도 먼저 화해를 청한 건 그였다. 전날 저녁에 내게 한소리 들으면 그는 애처롭게 물러나 끽소리도 내지 않았다. 하지만 다음 날이면 이른 아침부터 다소곳이 내 침대 곁에 와서 기다렸던 것이다. 주인이 몸을 뒤척이거나 깰 기미가 보일라치면 침대 협탁을 꼬리로 살랑살랑 치면서 제 존재를 알렸다. 우리가 같이 지낸 이래 나에 대한 사랑이 단 한 번도 식지 않은 다정한 그를 어찌 예뻐하지 않을 수 있는가.'

누나는 몇 개의 단어에 특히 힘을 주어 읽었다. 뿐만 아니라 그 단어를 두 번이나 반복해 읽었다. 그리고 얌전히 듣고 있던 나를 번쩍 들어 올리며 말했다.

"들었지? 보리. 언제나, 먼저, 화해를 청하는 건, 사람이 아니라 개여야 한다고. 애처롭게 물러났다가, 다소곳이!"

그리고 누나는 덧붙였다.

"보리, 너처럼 고집불통인 강아지는 아마 없을 거야. 220년 전에도 220년 뒤에도."

나도 할 말은 많았지만 가만히 있는 편이 나았다. 사실 우리가 소소하게나마 투닥거렸을 때, 먼저 화해를 청한 건 그때만 해도 누나일 경우가 더 많은 게 사실이었다. 지금은 반반쯤? 그나저나 책을 읽어도 하필이면 그런 내용의 책을 찾아내다니.

최씨 강아지

할머니, 그러니까 누나의 엄마(누나가 엄마가 아니라 '누나'인 덕분에 가족들 호칭이 이상하게 꼬여버렸다. 이제 와선 어쩔 수 없는 일이다.)는 누나를 보고 이렇게 말했다.

"너 닮아 그렇지. 고집 세고 성질부리고. 최보리."

예전에 내가 누나를 닮았다는 말을 듣고 동물병원을 옮겼던 누나는 그래도 할머니 집에 가는 걸 멈추지는 않았다.

강아지와 바다의 공통점

집 안에서 맴맴 도는 내 모습에 뭔가 느끼는 것이 있는지 누나가 내 똥가방과 가슴줄을 꺼내왔다. 가슴줄을 보면 나는 저절로 순한 양이 되어서, 누나가 "손!"이라고 말하기도 전에 미리 오른손, 왼손을 차례로 들어 누나가 가슴줄을 채우는 걸 돕는다. 내가 아무리 생각과 사색을 좋아하는 강아지라고 해도 직접 발로 흙을 밟고 도처의 냄새를 맡는 것보다 좋아할 수는 없다. 고구마가 좋다고 고기보다 더 좋아할 수 없는 것처럼.

나는 산책에서 만나는 사람들에게는 그다지 흥미를 느끼지 않는 편이다. 그런데 사람들, 특히 조그만 아이들은 강아지를 보면 흥미가 발동하는 모양이다. "야, 강아지다!" 아이들이 외친다(아이들은 "야, 고양이다!"라고는 외치지 않는다. "와, 바다다!"라고 하는 것처럼 사람들은 강아지와 바다를 발견했을 때 저절로 감탄사를 외친다). 지나치게 발랄한 아이들이 셋이나 넷쯤 한꺼번에 내 쪽으로 달려와서 놀란 적도 있다. 호기심 넘치는 아이들은 산책하는 강아지를 처음 보기라도 한 것처럼 소리를 지르며 친구들을 불러 모은다. 겁 없는 아이들은 다짜고짜 내게 손을 뻗친다. 손이 아니라 발을 땅땅 구르며 위협하는 아이들도 있다.

나는 낯선 사람들의 손길을 무방비로 받아들일 자세가 되어 있지 않다. 갑자기 다가오는 사람들에게는 경계심이 나서 왈왈 짖어댔기 때문에, 누나는 그들이 나를 만지지 못하도록 늘 주의를 주었다. "만지면 안 돼. 그렇게 하면 갑자기 짖을지도 몰라." 나중에 누나는 아예 이렇게 말했다.

"애는 물어요."

사람들이 낯선 강아지를 좋아하는 것은 나쁜 일은 아니다. 다만 성가신 일이다.

봄가을이면 누나는 예의 그 핑크토끼 옷을 입혀 나를 산책길에 데리고 나갔다. 한두 살 때도 아니고 이미 성견이 된 나는 정말이지 그 옷이 마음에 들지 않았지만, 지나가던 사람들은 그런 내 모습에 부쩍 더 관심을 보였다. 엄마와 함께 나온 아이들이 발길을 멈추고 나를 따라왔다. 산책하느라 기분이 좋아진 나는 짖지도 않고 내 할 일을 하고 있는데, 아까부터 뒤뚱뒤뚱 나를 따라오던 작은 아이가 소리쳤다.

"엄마, 똥꼬."

네댓 살 아이가 큰 소리로 '똥꼬'를 외치는 바람에 주위에 있는 사람들이 다 돌아보며 웃었다. 이게 다 핑크토끼 옷 때문이다. 앞발 뒷발 네 다리를 옷 안에 껴놓아 머리에서 발목까지 다 핑크인데 엉덩이 부분만 동그랗게 뚫려 있어서 보름달처럼 두드러져 보이기 때문이다.

창피스럽기도 하고 무안하기도 해서 모른 척 하고 앞으로만 나아갔다. 이럴 땐 흙냄새를 맡는 게 제일이다. "반짝반짝 작은 별, 서쪽하늘에서도 동쪽하늘에서도". 유모차에 손주를 태우고 나온 할머니가 창을 읊듯 노래가사를 바꿔 부른다. 아파트 단지 놀이터에 쏟아져 나온 아이들은 아무것도 아닌 일에도 "와!" 하고 함성을 질러댄다. 그 아이들을 지키느라 벤치에 나앉은 우리 누나보다 젊은 동네 엄마들의 수다 소리도 들린다. 살랑살랑 바람 속에 그런 것들이 모두 뒤섞여 소란스럽던 그런 봄, 그런 여름, 그런 가을날들이 숱하게 있었다.

일요일이 나도 좋아

'오후만 있던 일요일 눈을 뜨고 하늘을 보니

작은 회색구름이 나를 부르고 있네.

생각 없이 걷던 길 옆에 아이들이 놀고 있었고
나를 바라보던 강아지 이유 없이 달아났네.

나는 노란 풍선처럼 달아나고 싶었고
나는 작은 새처럼 날아가고 싶었네.

작은 빗방울들이 아이들의 흥을 깨고
모이 쪼던 비둘기들 날아가 버렸네.

달아났던 강아지 끙끙대며 집을 찾고
스며들던 어둠이 내 앞에 다가왔네.'(*'어떤 날'의 노래, '오후만 있던 일요일')

어떤 강아지도 '이유 없이' 달아나거나 하지는 않지만, 누나가 이 노래를 듣는 일요일이 나는 좋았다.

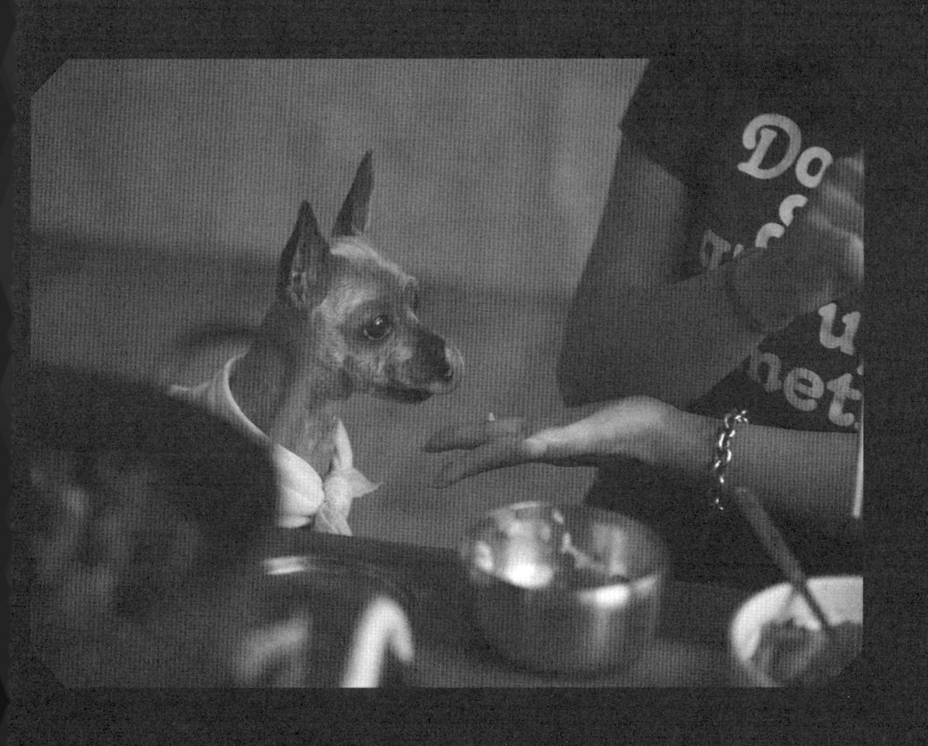

08

똥고집

버티는 자가 이긴다

1시간이나 산책을 하고도 집으로 올라가는 아파트 입구 계단에서 버티기를 하는 보리. 아주 뒷다리에 힘을 주고 줄을 팽팽히 당기고 있다. 놀이터에서 더 놀고 싶은 일곱 살 아이의 떼쓰기가 이럴 것이다.

날씨가 좋으니 그래, 오늘은 내가 졌다. 보리가 이끄는 대로 다시 따라 나서서 추가 산책 30분. 이제 막 나온 것처럼 다시 신바람이 난 보리를 따라 다니느라 나는 조금 지친다. 버티는 자가 이기는 법이다.

너 때문에

보리야, 이름을 부르면 쪼르르, 달려오지 않는다. 다른 집 개들은 달려오던데. 제 집에 들어앉은 보리를 향해 가만히 이름을 불러본다. 보리야. 들릴 듯 말 듯 일부러 자그마한 목소리로 불러본다. 귀를 쫑긋 하는 걸 보니, 알아들은 거다. 보리야. 다시 나지막하게 불러본다. 두 귀가 쫑긋쫑긋. 보리야, 보리야. 목소리를 조금만 더 높여 다시 불러본다. 몸은 움직이지 않고 내 쪽으로 고개만 슬쩍 돌려 나를 바라보는 강아지.

아무 일 없어도, 너 때문에 웃는다.

소심하게 왜 그래?

과자 그릇을 코앞에 밀어놔 줘도 입에 댈 생각은 못하고 그렁그렁한 눈으로 보리가 나를 올려다본다. 하나 따로 집어내어 앞에 놔주거나 한두 개 정도만 남겨놓은 그릇을 내밀며 "먹어."라고 말해주어야 그제서 제 것인 줄 안다. 제 것이 아니어도 활발한 강아지들 같으면 얼른 하나 입에 물고 저만치 튀었을 거야. 사고를 안 치는 보리가 기특하기는 하지만, 이런 성격은 요크셔테리어의 공통된 성격일까? 아니면 어렸을 때 여러 번 옮겨 다니며 눈치를 보느라 소심해진 탓일까? 본능에 충실한 동물은 감당하기 어렵고, 본능대로 하지 못하는 작은 동물은 가엾으니 이런 변덕이야말로 인간의 본능인 걸까?

먹던 과자를 몇 조각 잘라주고 나서 과자봉지를 밀봉해 방바닥에 내려놓았더니, 과자에 꽂혀 일요일 아침 내내 꼼짝 않고 봉지 앞을 지키고 있는 소심한 강아지 한 마리.

내가 너 때문에 또 웃는다.

배탈 났던 거니?

어렸을 때를 생각해보면, 이상하게 겨울밤에는 자주 배가 아팠다. 혼자 일어나 화장실을 들락날락하다가 아픈 배를 달래며 다시 잠을 청할 때는 어린 마음에도 세상이 한없이 어둡고 외로웠다.

아침에 준 사료를 다른 날과는 다르게 늦도록 남겨놓더니 늦은 밤에 죄다 먹어치우던 날, 보리는 배탈이 났다. 새벽에 일어나 먹은 걸 게워놓더니 한나절 화장실을 여러 번 들락거렸다. 저녁이 되자 더 이상 화장실에 가지 않기에 괜찮은 줄 알았는데, 그날 밤 내가 잠든 사이 보리는 저 혼자 아픈 배를 안고 자다 깨다 했나 보다.

밤에 미뤄둔 카피를 쓰려고 새벽에 일어나보니 화장실에 남아있는 보리의 흔적. '세수하러 왔다가 물만 먹고 가는' 깊은 산속 옹달샘 토끼도 아닌데, 나는 일 하려고 일어난 새벽에 화장실 청소부터 한다. 말끔히 치우고 책상 앞에 앉았더니, 다시 화장실로 뛰어가는 보리의 황급한 발소리.

화장실에서 볼 일을 마치고 나가던 발걸음을 돌려 종종종 다시 화장실로 달려 들어가는 건 배탈 난 사람이나 개나 마찬가지구나. 다시 화장실 청소를 하고 보리 엉덩이를 닦아주었더니, 밤새 아픈 배로 혼자 외로웠던지 안아달라고 내 무릎에 매달린다. 배탈 난 강아지를 안고 손바닥만 한 둥근 배를 살살 쓸어주느라 어느새 아침이다.

알아듣는 말과 모르는 척 하는 말

이리 와. 손. 앉아. 누워. 기다려. 먹어. 공 가져와. 공 어디 있어? 나가자. 산책하자. 씻을까? 목욕하자. 엉덩이 닦자. 밥 먹자. 안 돼. 조용히 해. 똑바로 누워야지. 배 만져줄까? 엉덩이 말고 머리. 뽀뽀.

보리는 이런 말들을 알아듣는다, 라기보다는 이런 말에 반응한다. "이리 와."에는 이리 오지 않지만, "손, 앉아, 누워."의 3종 세트는 간식을 줄 때 차례로 시켰기 때문에 곧잘 한다. 나중에는 요령이 생겨서 먹을 것 앞에서 대충 왼쪽 앞발을 드는 척 했다가 바로 누워버리는데, 등이 바닥에 닿기도 전에 몸을 일으킨다. 눕는 척만 하는 거다. 강아지가 대체 그런 '척' 동작을 어디서 배운 걸까? 열네 살이 되고서는 그마저 하지 않으려 들었다. "이 나이에 내가 그걸 해야 하나?" 하는 표정으로 나를 빤히 쳐다본다. 그까짓 간식 하나 주면서 자꾸 시키는 게 나이에 대한 예의가 아닌 것 같아서 나도 그만 웃고 만다.

'공'이 들어가는 말과 '나가자'에 관한 말과 '밥'에 관한 말은 백 퍼센트 알아듣고 백 퍼센트 따랐다. 이 세 단어가 보리가 가장 좋아하는 말이다. 반면에 '씻자', '닦자'에 관한 말은 가장 싫어하는 말이다. 싫어할 뿐만 아니라 들으려 하지 않는 말이고 반항을 부르는 말이어서, 말이 떨어지기 무섭게 침대 밑이나 동굴 같은 제 집 안으로 재빨리 달아나 버리곤 한다.

가끔 급하게 먹은 걸 게울 때는 보리의 등을 쓸어주거나 배를 살살 만져주었다. 제가 내키지 않을 때 만지면 성질을 내던 녀석이 할머니 앞의 손자처럼 그럴 땐 또 가만히 몸을 맡기고 있는 걸 보면, 사람이나 강아지나 공통적으로 좋아하는 스킨십이란 게 있는 모양이다. 여름날 집 안의 창을 활짝 열어놓고 거실 바닥에 보리와 함께 드러누워, 따뜻한 고구마처럼 볼록하고 둥근 녀석의 배를 슬슬 쓸어주다가 깜빡 잠이 들 때, 평화는 착한 강아지처럼 찾아온다.

복종교육, 실패!

보리가 전혀 사고를 치지 않거나 둘 사이가 늘 평화로운 건 아니다. 보리는 가끔 변덕스럽게 성질을 부리곤 했다. 목욕할 때는 종종 그랬고, 평소에는 느닷없이 그랬다. 만지지 않을 때 공격성을 보인 적은 없지만 눈에 안약을 넣어주어야 할 때나 엉덩이를 닦을 때처럼 제 몸에 손을 댈 때는 한 번씩 싫은 기색을 했다. 목욕을 싫어하는 건 알지만 그렇다고 목욕을 시키지 않을 수는 없었다. 평소에는 제가 먼저 배를 보이고 누웠다가도 만져주면 또 싫어하기도 해서 시시때때 그 마음을 종잡을 수 없었다. 다른 이의 손길은 더욱 받아들이지 않아서 자주 보리를 보는 이들에게도 보리는 성질 못된 개가 되었다.

한번은 심하게 으르렁거리다 마침내 내 손에 작은 생채기를 내기에 이르렀다. 으르렁거리다 못해 누나를 물다니! 늦어도 한참 늦긴 했지만, 못된 버릇 가만두지 않으리라.

녀석의 1미터쯤 전방에 책상다리로 앉아 “이리 와.” 엄한 목소리로 명령을 내렸다. 안 온다. 눈 똑바로 치뜨고 빤히 쳐다본다. “보리, 이리 와!” 이번엔 더 강하고 단호한 어조로 말했다. 꼼짝 않는다. 살살 약이 오르는 걸 꾹 참는다. 아무리 “이리 와.”를 해도 구석에서 나올 생각이 전혀 없다. 혀까지 날름날름. 나는 눈을 깜빡거리지 않으려고 일부러 눈을 부릅뜨고 보리를 노려본다. 개를 길들일 때 눈을 먼저 깜빡거리거나 시선을 피하는 자가 지는 거라는 말을 들었기 때문이다. 보리의 크고 둥근 눈이 내 눈과 맞선다. 이 녀석, 감히 누나를 이기려 들어?

녀석과의 불꽃 튀는 눈싸움이 20분을 넘어섰다. 이번에도 질 수는 없다고 나는 단단히 작정을 한다. 대치 상태가 30분에 접어들었다. 그제야 저도 힘들었는지 더는 안 되겠다고 생각했는지 못이기는 척 슬금슬금 나온다. 슬로우비디오처럼 느릿느릿 다가온다. 책상다리를 하고 딱 버티고 앉은 내 곁에 엉덩이를 붙이고 앉는다. 이놈, 그런다고 이쯤해서 봐줄지 알고?

이번 기회에 단단히 버릇을 들일 생각으로 다시 명령한다. "보리, 누워!" 보리는 못들은 척 한다. "누워, 보리!" 전혀 누울 생각이 없다. 이리 오라니 할 수 없이 오기는 왔는데, 배를 보이고 복종 자세를 취하기는 싫으시다? 또 10여 분. 서로 눈을 부릅뜨고 기 싸움을 하고 앉았다.

사람 아이도 아니고 강아지를 상대로 이게 무슨 짓인가? 피곤해서 나도 더 이상 못하겠다. 네 마음대로 해라, 나쁜 녀석. 포기하려는 순간, 마침내 느릿느릿, 못이기는 척, 삐딱하게, 옆으로 배를 보이고 눕는다. 아이고, 고맙게도 이렇게 져주다니, 속으로 한시름 놓았다. 하마터면 내가 먼저 손을 들 뻔 했다. 도대체 넌 누굴 닮은 거냐? 똥고집 보리.

꼴통 스타일

한동안 손질해주지 않았더니 봉두난발이 되어서 오랜만에 미용시키러 동물병원에 데려갔다. 덩치 큰 개들이 병원 바닥을 지키고 앉아 있다. 하나같이 명랑쾌활하다. 그렇다고 사고를 치거나 쓸데없이 짖는 일은 없다. 몸집이 작은 녀석들보다 큰 녀석들이 더 점잖다. 대견하고 기특하다.

미용을 끝내고 나온 보리 녀석만 병원이 떠나가라 짖는다. 매번 보던 수의사 선생님을 보고도 또 으르렁. 내가 없을 땐 제법 얌전하다는 소리를 듣는 보리는 내가 나타나면 기가 살아서 의기양양 수의사를 보고 짖어댄다. 아, 아이가 밖에 나가 떼를 쓰거나 남에게 버릇없이 굴면 엄마들이 이런 심정이겠구나. 가정교육 제대로 못한 엄마 마음이 되어 부끄럽고 민망하다. 보리야, 제발 매너 있게 좀 행동하렴. 세련되고 폼 나는 '강남 스타일' 개들 사이에서 보리는 혼자 천방지축 '꼴통 스타일'.

서열 1위

다시 말하지만, 보리는 소심하고 겁 많고 사교성 없는 강아지다. 처음 가는 낯선 집에서도 용케 화장실을 찾아내 볼일을 보고, 이틀쯤 혼자 두고 여행을 다녀와도 아무런 사고를 치지 않는다. 그릇에 담아 둔 사료를 알아서 잘 조절해 먹고, 아무것도 물어뜯거나 망쳐놓지 않는다. 그렇긴 하지만 "이리 와." 하고 불러도 잘 오지 않는다. 자기가 내킬 때만 온다. 나는 보리가 왜 "이리 와."에도 오지 않는지를 나중에야 깨우쳤다.

훈련을 하기에는 이미 많이 늦었다고 생각했지만, 나는 한 훈련소 홈페이지에 방문해 보리의 문제점을 문의한 적이 있다. 역시나 '서열' 문제라는 답변을 들었다.

'평상시는 받들고 원하는 것 다 해주고 문제가 있을 때만 교정을 하면 안 됩니다. 평상시에도 견주님께 복종하도록 해야 합니다. 집에서 애견과 같이 있을 때 무관심하게 있고, 애견이 내가 원하지도 않았는데 나의 품으로 오거나 나를 따라 다니면 아주 강하게 애견을 밀쳐서 오지 못하게 해야 합니다. 일주일 정도 애견을 의식적으로 거부하고 일주일이 지나면 주인이 원할 때만 개를 불러서 칭찬을 하고 다시 거부를 해야 합니다.'

답변은 이렇게 이어졌다.

‘또한 목줄이나 개 줄을 이용해서 개의 힘을 뺄 수도 있습니다. 달리기를 하거나 소파에서 “올라가. 내려 와.”를 수십 번 이상 반복하세요. 개의 힘을 빼는 것은 쉬울 것입니다. 이때 사람이 힘들어 하는 모습을 개에게 보이면 안 되고, 개는 힘들고 나는 아직 힘이 남아 있다는 것을 보여 줘야 합니다. 이렇게 함으로써 주인에게 의지하는 것도 줄이고 주인에 대한 복종심도 길러서 혼자 있는 습관도 기르도록 하는 것입니다. 그러면 주인이 이제는 자기 뜻대로 움직여 주지 않는다고 생각할 것입니다. 훈련 초반에는 심하게 저항을 할 것입니다. 하지만 주인도 물러서지 않는다는 것을 확실히 인지시킬 필요가 있습니다. 주의할 점은 강하게 거부를 하는 것이지 때리거나 위협을 주는 것이 아니니 주의 바랍니다.’

일고여덟 살 무렵 보리와 나는 자주 다퉜다. 뒤늦게 소위 ‘기싸움’이라는 것을 했다. 개들은 사람이 자기보다 서열이 높다고 생각하면 눈을 피한다는데 보리는 눈싸움에서 절대로 지지 않았다. “어린 것이 어디서 눈을 똑바로 뜨고 쳐다보는 거야?” 나이 많은 이들이 쓰는 관용구가 내 머릿속에 떠올랐다. 사람도 아니고 강아지 때문에 이런 생각을 하게 되다니.

보리는 나이가 많아지며 점점 고집과 반항이 세졌다. 더는 안 되겠다 싶어 애견훈련소에 문의를 했던 것인데, 강아지가 사람을 가르치려고 드는 거란다. 내가 생각해도 우리 집 서열 1위는 보리였다. 달리기를 하거나 소파에서 "올라가. 내려 와."를 반복하라고? 올라오라거나 내려오라고 한다고 서열 1위가 그 말을 듣기나 할까? 설령 듣는다고 해도 보리 힘 빼려다가 내 힘이 먼저 빠질 텐데, 그걸로 서열 1위 자리를 탈환하는 것이 과연 가능한 걸까? 의구심이 들었다.

서열 따위 개나 줘버려

'어떤 원인 때문에 심리적으로 억압되어 있을 때 나타나는 행동입니다. 그런데 강아지들의 이런 행동에 무턱대고 화를 내거나 혼을 내서 교육하려는 사람들이 있습니다. 그들의 반려견은 지금 자신의 상태가 정상이 아니라고 말하는 중인데 말입니다. 우리는 반려견의 모든 행동을 서열과 연관 지으려 합니다. 정말 참 쉽습니다. 잘 모르겠으면 다 서열이 잘못됐다고 말합니다. 그리고 반려견을 혼냅니다. 강아지들은 그렇게 단순한 존재가 아닙니다.'

보리가 열한 살이 되었을 때 이상한 제목의 책 한 권이 나왔다. 반려견에 대한 책은 이미 두어 권이나 읽었지만, 『당신은 개를 키우면 안 된다』니. 반려견 행동 전문가란 직업을 가진 강형욱 씨의 책이었다.

'강아지를 침대에 올리면 안 된다, 산책 시 강아지가 앞서가지 못하도록 줄을 짧게 잡아라. 식사 시간에 사람보다 강아지에게 먼저 밥을 주면 안 된다. 공격성이 있을 때면 무릎 사이에 끼우고 강아지의 배를 보이도록 해라.'

보리를 처음 데려 왔을 때 나는 이런 말들을 숱하게 보고 들었다. 유명 훈련소 홈페이지와 반려견 관련 책들은 이구동성으로 외쳐댔다. 인터넷에는 이걸 받아 적은 글들이 무한 반복됐다.

강형욱 씨의 책 내용은 지금까지의 반려견 훈련법과는 완전히 다른 것이었다. 세상에! 그간 내가 똥고집 보리를 길들이기 위해 썼던 방법들이 다 잘못된 것이었다니. 결국 나는 열한 살이 될 때까지 보리를 내 뜻대로 길들이는 데 실패했다. 아니, 보리와 소통하는 데 실패했다. 나는 개를 키우면 안 되었다.

사람들이 서로에게 마땅히 그러해야 하는 것처럼 우리는 반려견들을 기다려주고 그들이 원하는 것이 무엇인지를 알려고 노력해야 했다. 명령하고 복종시키는 것이 아니라 마음을 열고 소통하고 보살펴주어야 했던 것이다. 반려견의 행동을 이해할 땐 서열 따위는 잊어도 좋았던 거다.

'커뮤니케이션'이나 '인사이트(Insight)'라는 말을 입에 달고 사는 카피라이터가 10년이나 지나서야 이걸 깨닫다니, 나야말로 참 무심한 가족이자 개를 키우면 안 되는 사람이었다. 책을 덮으며 보리를 쳐다보았다. 이제야 그걸 알았냐는 듯 가만히 나를 마주보는 녀석의 눈빛에 가슴이 뜨끔 내려앉았다.

09

나쁜 기억들

사라진 꼬리

아주 어렸을 때 우리 가족은 뿔뿔이 흩어졌다. 한 살 이전의 일에 대해서는 지금까지 누구에게도 말한 적이 없다. 내가 많이 어려서 왜 그런 일을 겪어야 했는지 알 수 없기도 했고, 무엇보다 누나를 만나기 전의 일이라 누나와 살면서 그때의 일을 기억하는 건 아무 소용이 없기 때문이다.

이제는 그때 기억 몇 가지를 이야기해도 아무렇지 않거나 아무렇지 않은 척 할 수 있게 되었다. 시간의 미덕이 나에게도 찾아온 덕분이다.

나는 긴 꼬리를 갖고 태어났다. 요크셔테리어다운 꼬리였다. 하지만 태어나서 내가 아빠 얼굴을 단 한 번도 본 적 없는 것처럼 누나는 내 긴 꼬리를 한 번도 보지 못했다. 태어난 지 일주일도 되지 않아 꼬리를 잃었으니까. 정확하게 말하면 '잘렸'으니까.

내가 태어난 집, 그러니까 내 첫 번째 가족들은 갓난 강아지였던 나를 붙잡아 내 꼬리 3분의 1쯤 되는 지점에 노란 고무줄을 칭칭 동여맸다. 하도 단단히 동여매서 꼬리에 피가 통하지 않았다. 나뿐만 아니라 함께 태어난 형제의 꼬리에도 고무줄을 감아놓았다. 귀엽게 보이라고 리본을 달아주거나 새로 자란 털이 거추장스러울까봐 고무줄로 살짝 묶어놓은 것이 아니라, 일부러 피가 통하지 말라고 그렇게 해놓은 것이다. 그땐 내 꼬리를 압박하는 고무줄의 정체도 알지 못했고, 눈을 뜨고 세상을 제대로 보기도 전에 왜 그런 고통을 받아야 하는지도 이해하지 못했다. 내 의견을 표현하지도 별다른 저항도 하지 못했다. 고무줄로 묶인 자리가 찌릿찌릿 아팠다. 나중에는 엉덩이와 등 아래쪽까지 전기가 통하는 것 같았다. 아픔은 며칠이나 지속되었다. 열흘쯤 지나자 쭈글쭈글 말라 종이처럼 가벼워진 꼬리가 내 몸으로부터 완전히 떨어져나갔다.

그들이 동물학대를 일삼는 나쁜 사람들이기 때문에 그렇게 한 것은 아니었다. 나중에 안 사실이지만, 사람들은 태어난 지 며칠 안 된 강아지의 꼬리를 이런 식으로 잘랐다. 살이 아직 무르고 신경과 혈관도 완전히 여물지 않아서 고무줄에 묶인 꼬리가 점차 괴사되면서 떨어져 나가기 때문에, 굳이 병원에 가지 않고도 꼬리를 자를 수 있는 것이다.

이때만 해도 분양을 하기 위해선 당연히 꼬리를 잘라놔야 한다고 생각하는 사람들이 많았다. 똥을 눌 때 꼬리에 배설물이 묻는다고, 꼬리를 물어 상처를 낼 수 있다고, 긴 꼬리 때문에 몸의 균형이 맞지 않게 되어 이런저런 병에 걸리기 쉽다고, 꼬리가 짧은 게 미용 상 더 보기 좋다고........여러 가지 이유를 댔지만, 지금 생각해봐도 어느 것 하나 납득하긴 어렵다. 강아지 꼬리 자르기는 사람들이 만든 일종의 관습 같은 것이었다. 사람들의 할례처럼.

고슬고슬 자란 생애 최초의 털로 부드럽게 덮여 있던 길고 명랑한 내 꼬리. 평생토록 내 언어와 감정과 의식의 붓으로 작동했어야 할 그 꼬리는 부질없는 제물처럼 잘려나갔다. 그때의 아픔, 압박의 기억, 처음 느낀 당혹감과 상실감은 내 무의식의 그릇 밑바닥에 엷은 실금으로 남았다.

가족 만들기

몇 달이 지나는 동안 나는 쑥쑥 커서 더 이상 엄마 젖을 빠는 갓난쟁이가 아니게 되었다. 형제들과 나는 차례로 낯선 집으로 보내졌다. 엄마도 형제도 없이 나는 덜컥 혼자가 되었다. 내 잘린 꼬리 끝에는 위로처럼 검은 털이 덮였다.

나는 두 번째 집으로 '옮겨졌다'. 더 이상 '퍼피(Puppy)'가 아니라 어엿한 청년기에 접어들었는데, 아무도 내 의견은 묻지 않았다. 이번엔 남자 어른 없이 세 식구가 사는 집이었다. 불과 두 달 전에 남편과 아빠를 잃은 그 가족을 위로하는 것이 내가 그 집으로 옮겨진 이유이자 내게 주어진 역할이었다. 그러나 그 역할을 수행하기엔 나 역시 가족을 잃은 지 얼마 되지 않은 때였다. 모든 것이 갑작스러웠다. 새 가족을 위로하기엔 나는 아직 서툴렀고, 그들은 나를 돌보는 데 소홀했다.

막 태어났을 때 엄마 젖처럼 부드럽고 말랑하던 세상이 이제는 좀 달라보였다. 중학생 딸은 내게 상냥하게 대했지만 어쩐 일인지 나를 보면 자꾸 재채기를 해댔다. 그보다 두 살쯤 어린 남동생은 아무 때나 아무렇게나 나를 만지려들었다. 그렇지 않으면 내 앞에서 일부러 손발을 크게 휘둘러댔다. 그 애하고는 친해지기가 어려웠다. 사내애 방에 들어가면 나도 모르게 자꾸 오줌이 마려웠다. 그들이 거실 구석에 마련해둔 배변패드 대신 남자애 방에 몇 번쯤 오줌을 누고 나왔다. 그 집에 사는 동안 가족들은 여전히 낯설었고, 나는 점점 더 의기소침해졌다. 긴 꼬리를 민첩하게 흔들어댈 수 없어서 더 그랬는지 모르겠다.

몇 달이 지나지 않아 나는 또다시 '옮겨졌다'. 세 번째 집, 바로 누나의 집이었다. 누나는 나를 덥석 안아들고 집으로 데려갔다. 두 번째 집에서 보낸 날이 오래지 않아서인지 처음처럼 서운하거나 슬픈 마음은 들지 않았다. 그러나 이제 막 한 살이 된 강아지에게 환경이 자주 바뀌는 건 결단코 좋은 일이 아니었다.

크리스마스 지나면 내 생일

그로부터 14년이 지났다. 누나는 내가 태어난 날을 알지 못하는 탓에 나와 처음 만난 날을 내 생일로 정했다. 크리스마스 이틀 뒤인 12월 27일이 내 생일이다. 어느 해인가 누나는 크리스마스라고 빨간 산타 모자를 사와서는 내 머리에 씌어주고 징글벨 노래를 불러댔다. 아, 크리스마스 선물도 하나 사주었지. 소고기와 단호박, 고구마, 당근, 북어채 등등을 섞고 쌓아서 만든 강아지용 생일 케이크를 주문한 줄 알고 기대했는데, 택배상자가 온 걸 보니 다른 선물이었다. 태엽을 감으면 캐롤송을 부르는 강아지 인형. 휴. 누나는 그런 걸 내 친구라고 사와서는 내 방석 위에 같이 올려놓았다. 차라리 동물병원에서 내 뺨을 후려치던 두 살배기 고양이 까미를 친구로 삼는 게 나았을 것이다.

내 나이 15살. 개 나이로 따지면 누나보다 한참 더 많은 나이가 됐다. 그래도 누나는 여전히 나를 어린 강아지 취급한다. 그나마 사람들 앞에서는 조금 나이 대접을 해줘서 '보리군'이라고 부른다. 물그릇이 비었을 때 내가 물그릇을 박박 긁으면 어쩌다 한 번씩은 고개만 돌려 말하기도 한다. "이제 다 컸는데 물은 좀 직접 떠다 드시지?" 내가 졸려서 하품을 할 때면 재빨리 내 입 안에 손가락을 넣다 빼는 고릿적 장난을 아직도 한다. 사람들은 자신의 반려견을 놀리는 게 재미있는 모양이다.

내 집 예감

누나와 살게 된 이후 내 생활은 완전히 바뀌었다. 집에는 누나뿐이었으므로 집안은 조용하고 아늑했다. 한동안 누나가 나를 남겨놓고 외출할 때면 음악을 틀어놓고 나가곤 했던 것이 기억난다. 아무도 없는 빈 집에서 내가 혼자 불안해 할까봐 그런 것이었는데, 사실 나는 누나가 생각했던 것보다 더 빨리 이 집에 익숙해졌다. 두 달도 지나지 않아 더 이상 다른 집으로 옮겨지지 않을 거라는 예감이, 그런 믿음이, 그런 확신이 들었던 거다. 개의 직감으로.

그 시절을 돌이켜보면 누나는 집에 있는 동안 늘 내게 신경을 써주었다. 일을 하다가도 내가 보이지 않으면 나를 찾아 이 방 저 방 두리번거리거나 이름을 불렀다. 처음엔 어두운 공간을 찾아 침대 밑에 들어가 웅크리고 있을 때가 많았는데, 십 분도 지나지 않아 누나가 나를 찾아냈다. 누나는 납작하게 엎드려 침대 밑을 들여다보며 내 행방을 확인했다. 그렇다고 나를 끄집어내려고 애쓰지는 않았다.

내가 혼자 침대 밑 구석에 들어가 있는 시간은 서서히 줄어들었다. 처음엔 하루 중 대여섯 시간, 나중엔 서너 시간. 하루에도 몇 번씩 침대 밑을 오가기는 했지만 그 안에서 몇 시간씩 혼자 웅크리고 있는 시간은 차차 줄었다. 나중엔 누나에게 혼이 나거나 목욕을 하기 싫거나 똥을 누고 엉덩이를 닦기 싫을 때만 침대 밑으로 숨었다.

사색이나 하지 뭐

누나의 집은 곧 내 집이 되었다. 집안 곳곳 누나의 냄새가 배어 있었다. 곧 내 냄새도. 한동안 나는 누나의 뒤를 졸졸 따라다녔다. 나중엔 누나가 책상 앞에서 꼼짝 않고 일을 하고 있는 동안에는 나도 마음 편히 내 할 일을 하게 되었다. 베란다를 어슬렁거리거나 현관에 나가 누나가 신발에 묻혀온 바깥 냄새를 맡았다. 침대 위에서 혼자 생각에 잠기다 잠들기도 했다. 누나의 베개, 누나의 책, 누나의 옷, 누나의 가방, 누나가 여행지에서 사온 자잘한 물건들……그런 것들은 저마다 자신의 냄새를 갖고 있었다. 나는 그 냄새의 저 너머를 생각해보곤 했다. 내가 아직 보지 못한 장소들, 알지 못하는 풍경들의 냄새가 궁금했다. 알 수 없는 그리움이라는 게 이런 것일까?

'사색'이라고 부르는 그런 활동 말고는 딱히 내가 바쁘게 해야 할 일이 없었으므로, 나는 시간이 날 때마다 누나가 하는 말이 무슨 뜻인지 알아내려고 애썼다. 내가 쉽게 알아들을 수 있는 말과 아무리 들어도 알 수 없는 말들을 하나하나 되짚어 생각해보는 일로 내 할 일을 삼았다. 누나가 새로운 단어를 찾아내는 것처럼, 나도 개들의 언어와는 전혀 다른 사람의 언어를 터득해갔다. 언어를 공유하는 것이 서로를 이해하는 일이라는 것도 알게 되었다.

하지만 '언어를 공유한다'는 건 생각보다 훨씬 어려운 일이어서, 단순히 한쪽에서 상대방의 언어를 배우는 것으로는 충분하지 못했다. 심지어 같은 언어를 쓰고 같은 단어로 말하는 사람들 사이에서도 서로를 이해하지 못하는 일이 빈번하지 않은가? 사람들은 똑같은 단어를 골라 쓰면서도 각자 그 단어에 조금씩 다른 뜻을 담아서 사용하기 때문에, 단어들은 아마존 정글의 나무 숫자만큼 많은 뜻을 갖게 되었다. 그러니 서로의 말을 제대로 이해하지 못하고 뒤늦게 해석이 분분해지곤 했다. 사람들 사이가 혼란해지고 관계가 엉망이 되는 건 필요 이상으로 많은 말을 갖고 있기 때문일 거다. 개들의 언어는 그럴 일이 없는데.

지금 잠이 와?

카피라이터 집 반려견답게 내가 사람의 언어를 알아듣고 이해하고 심사숙고하는 개라고 해서 누나와 나의 소통이 처음부터 원활했던 건 아니다. 한동안 누나는 나를 '훈련'시키기 위해 애썼다. 처음엔 내가 침대에 올라가는 것도 허락하지 않을 정도였으니까. 내가 집 안을 어지럽히고 사고나 치는 말썽꾸러기 반려견이 될까봐 짐짓 엄한 말투로 명령을 내렸다. 덕분에 "안 돼!"라든가 "이리 와!" 같은 말을 자주 들어야 했다. 그런 말을 할 때 누나는 꼭 사명감에 불타는 벽돌 같았다.

산책을 나갈 때는 누나보다 내가 앞서 걷지 못하도록 가슴줄을 짧게 잡았다. 누나가 어디서 그런 훈련법을 듣고 배웠는지 알 수 없었지만,

그런 훈련법은 나를 움직이지 못했다. 더구나 누나 스스로도 그 훈련법에 대해 의구심을 갖고 있어서 이랬다저랬다 내키는 대로 했다.

처음에 나는 누나가 나를 앞에 앉혀놓고 하는 길고 긴 말(이런 걸 사람들은 '잔소리'라고 부른다)이 무엇을 뜻하는지 알지 못했다. 다만 누나가 눈에 잔뜩 힘을 주고 깨진 시멘트 같은 목소리를 반복했기 때문에, 나는 그만 기가 죽어서 두 귀를 뒤로 젖히고 하품을 했던 것이다. 나는 누나에게 화해와 평화를 요청한 것인데, 그때마다 누나는 이렇게 말했다. "보리 이 녀석, 지금 잠이 와? 혼나고 있으면서!"

내가 오랜 학습과 노력과 인내로 누나의 말을 어느 정도 이해하게 된 후에도 누나는 나의 카밍 시그널(calming signal)을 조금도 이해하지 못했다. 내 꼬리가 온전히 남아 있었다 해도 마찬가지였을 것이다. 누나가 나를 이해하게 되기까지는 아주 오랜 시간이 걸렸다. 덕분에 나는 누나가 "이리 와."라고 말하는 것을 지금도 그다지 좋아하지 않는다. "이리 와."는 대개 질책과 징벌과 억압의 언어였으므로.

일생일대의 모험

누나는 나를 종종 '시크(chic)한 놈'이라고 불렀다. '똑똑하지만 고집 센 녀석'이라고도 했다. 그 말이 칭찬인지 흉인지는 모르겠다. 아마

45대 55 정도의 비율로 칭찬과 흉을 섞은 말일 거다. 한 살배기 말티즈처럼 설탕 같은 애교를 부리지도 않았지만, 어쨌든 나는 크게 말썽을 부리거나 사고를 쳐서 가족을 놀라게 하거나 힘들게 하는 그런 강아지는 아니다.

그런 내가 딱 한 번 크게 사고를 친 적이 있다. 가출을 했던 거다. 여섯 살 때였다. 그날 누나는 아침부터 외출 준비를 했다. 별다를 게 없는 준비였다. 보리야, 이따 봐. 현관 앞에서 하는 인사도 평소와 같았다. 여느 때처럼 누나는 현관문을 열고 나갔다. 여느 때처럼 밖에서 현관문이 닫혔고. 발소리가 멀어질 때까지 나는 그대로 현관 앞에 서있었다. 여느 때처럼.

그런데 여느 때와 달리, 세 발자국 멀어졌던 누나의 발소리가 다시 가까워졌다. 삐삐삐삐삐삐삐 삑. 문이 열렸다.

누나가 가방 안을 뒤적이며 현관 안으로 몸을 반쯤 들이미는 걸로 보아 뭔가 잊은 것이 틀림없었다. 누나는 오른쪽 신발만 후다닥 벗고 왼쪽 발을 들고 오른쪽 발로 깽깽이걸음을 해서 거실을 가로질러 방으로 들어갔다. 서두르는 걸 보니 약속시간이 다급한 모양이었다. 누나가 잊고 나간 것이 무엇이었는지는 모르겠다. 방에 들어가서 무엇을 챙겨들고 나왔는지 나는 보지 못했다. 아주 짧은 순간이었다.

누나가 외출 인사를 하고 나갔다가 금세 다시 들어와 우산이나 서류봉투 같은 것을 챙겨들고 급하게 다시 나가는 건 어쩌다 한 번씩은 있는 일이었다. 내가 사람의 말을 할 수 있다면 "천천히 잘 좀 챙기지." 같은 잔소리 한마디쯤 했을지도 모르지만, 나는 잔소리 따위는 하지 않는 강아지이기에 그런 모습을 가만히 바라보고 있었을 것이다, 여느 때 같았다면.

그날은 달랐다.

내 머릿속에 무슨 생각이 떠올랐는지는 기억나지 않는다. 내가 왜 여느 때와 다른 행동을 했는지도 모르겠다. 순간적인 일이었다. 본능적인 일이기도 했을까? 누나가 현관문을 꼭 닫지 않고 서둘러 집으로 들어와 방 안으로 간 사이, 내 몸이 반사작용처럼 튕겨나갔다. 현관문 밖으로.

내가 밖으로 나간 걸 누나는 보지 못했다. 내 몸이 재빨리 움직였기 때문이다. 누나가 방 안에 들어갔다 나온 것도 아주 잠깐의 일이었을 것이다. 살짝 열린 현관문 틈을 통과한 나는 아파트 복도로 뛰어나갔다. 미끄러지는 듯, 아니 홀린 듯 달렸다.

그날은 내 평생 가장 특별한 날 중 하루였다. 오만 감정의 파도를 한나절 사이에 다 겪었다. 흥미진진, 두근두근, 조마조마, 후회막급, 불안초조, 무상무념에 이르기까지, 오, 정말 '스펙터클'한 날이었다.

10

늘 행복할 순 없다

가슴이 철렁

경쟁PT를 앞두고 하루 종일 마라톤회의가 계속된 날이었다. 저녁까지 이어진 회의 끝에 컨셉트 워드가 결정되고, 팀원들과 식사 겸 간단한 술자리가 이어졌다. 집으로 돌아오니 밤 10시가 넘었다. 삐삐삐삐삐삐삐 삑. 8자리 비밀번호를 눌러 문을 열었다. 보리야, 나 왔어. 평소처럼 현관에 들어섰을 때 알 수 없는 적막감이 느껴졌다. 보리가 현관 앞에 나와 있지 않았다. 다시 한 번. 보리야, 누나 왔어. 신발을 벗는 동안에도 종종종종 달려오는 발소리가 들리지 않는다. 보리야, 뭐해? 누나 왔다고. 보리가 달려 나오지 않는다. 어라? 이 녀석, 자는 건가?

안으로 들어섰다. 이상하게 조용하다. 외출하고 돌아왔을 때 보리가 현관 앞에 나와 있지 않은 적은 없었다. 지금까지 단 한 번도. 보리야, 뭐하니? 여전히 아무 소리가 없다. 하필 지금 똥이라도 누고 있는 거야?

욕실에 가보았다. 없다. 어? 침대방에 있는 건가? 보이지 않는다. 바닥에 엎드려 침대 밑을 들여다보았다. 없다. 어두운 침대 밑을 찬찬히 다시 들여다보았다. 보이지 않는다. 책상이 놓인 방으로 가서 책상 아래를 살펴보았다. 이런, 없다. 화장대 아래에도, 없다. 베란다에 나가 보았다. 욕실에 놓인 세탁기 옆 틈새까지 살펴보았으나, 역시 없다.

보리가 없다. 보리야. 보리야, 어디 있어? 큰소리로 불러보았다. 보리가 뛰어오는 잰 발소리가 들리지 않는다. 보리야. 보리를 부르는 내 목소리가 나도 모르게 작아졌다. 조용하다. 이게 어찌된 일이지?

'귀신이 곡할 노릇'이었다. 아무리 불러도 보리는 나타나지 않았다. 방방마다 다시 둘러보고 주방 냉장고 옆 틈새를 훑어보고, 옷장 안, 세탁기와 벽 사이, 베란다의 후미진 구석, 평소에 열어두지 않은 다용도실 문을 다 열어 보았으나 보리는 없었다. 감쪽같이 사라졌다. 세상에.

집 안 어디에도 보리가 없다는 것을 확인하고 나자 가슴이 철렁 내려앉았다. 누군가 집안에 들어온 걸까? 도둑과 맞서 싸우다 어디론가 끌려간 것은 아닐까? 도대체 무슨 일이 일어난 걸까?

강아지를 찾습니다

보리가 사라진 것 말고는 집 안에 누군가 들어온 흔적은 없었다. 헝클어진 것도 어지럽혀진 것도. 모든 것이 그대로였다. 그렇다면 보리가 제 발로 집을 나간 것일까? 아침에 외출하던 순간을 되짚어 보았다. 드라마 속 회상 장면처럼 한 컷 한 컷 기억의 필름을 되돌렸다. 아이디어 출력물을 가지러 방 안에 들어갔다 나오면서 서둘러 신발을 다시 신고, 보리를 확인하지 않고 현관문을 닫았,던가? 보리가 그 사이 집을 빠져나갔단 말인가?

서둘러 엘리베이터를 타고 아파트를 내려갔다. 경비실이 비어 있다. 어느 쪽으로 가야 하나 망설여졌다. 함께 산책하던 길을 따라가 보기로 했다. 보리가 늘 마킹을 하던 화단 모퉁이를 돌았다. 놀이터를 지났다. 옆 동으로 이어진 작은 계단 길을 지났다. 아파트 단지 후문 쪽 작은 주차장과 단지 둘레길을 따라 가보았다. 보리야, 보리야. 보리는 물론이고 지나가는 길고양이 한 마리 보이지 않았다. 아파트 단지를 한 바퀴 다 돌았다. '강아지를 찾습니다.' 가끔 거리에 나붙던 전단지들이 떠올랐다. 그들은 모두 강아지를 찾았을까?

막막했다. 이 밤에 어디로 가서 보리를 찾아야 하는 걸까? 단지 밖을 벗어나 자주 다니던 이면도로를 따라 길 쪽으로 완전히 나가버린 거라면, 보리는 지금 어디에 있는 걸까? 쌩쌩 차가 달리는 도로, 비슷비슷한 아파트단지, 낯선 사람들.......머릿속이 복잡해졌다.

아니, 집안 구석 어딘가에 숨어있는 것을 내가 못 본 것은 아닐까? 다시 집으로 들어가 보기로 했다. 자리를 비웠던 경비 아저씨가 돌아와 있었다. 혹시 하는 마음으로 물었다. 오늘 강아지 못 보셨어요? 아니면 단지 안에서 강아지 봤다는 이야기 못 들으셨어요? 지푸라기를 잡는 심정이란 게 이런 거구나 싶었다.

대담하지 않아서 다행이야

6층에 사는 주민이 보리를 발견했다. 6층 복도에서였다. “마침 강아지를 두 마리나 키우고 있는 아가씨라서 다행이지 뭐예요.” 경비 아저씨가 말했다. 아아.

그러니까 보리는 아침에 외출하려다 내가 현관문을 닫지 않고 잠시 집 안으로 들어간 사이, 나 몰래 현관문을 통과했다. 그리고 곧장 10층 복도를 내달렸다. 2분쯤 지나 내가 엘리베이터를 탔으니까 나보다 먼저 집을 나섰던 보리는 방금 전 엘리베이터 앞까지 뛰었다가 ㄱ자로 꺾인 복도를 따라 우회전하여 10층 저쪽 끝을 향해 달리고 있었을 거다. 아니면 우회전 하는 대신 곧바로 엘리베이터 옆 계단을 뛰어 내려가 9층으로 내려갔거나. 아무것도 모르는 내가 출력물을 챙겨들고 현관문이 닫히는 소리를 들으며 복도를 걸어가 엘리베이터를 타고 주차장에 내려가 차에 시동을 걸고 아파트 단지를 벗어나던 그 시각, 보리는 생애 처음으로 우발적 가출 프로젝트를 감행하고 있었던 거다.

꽤 늦은 밤이었지만 경비 아저씨가 말해준 607호로 가서 초인종을 눌렀다. 삼십대 초반쯤 되어 보이는 여자가 문을 열어주었다. 포메라니안 두 마리가 현관 앞으로 쪼르르 달려 나왔다. 낯선 이에게 짖지도 않는 그들 뒤에서 왈왈왈 짖으며 뛰어나오는 낯익은 강아지가 보였다. 야, 보리 이놈! 뭐야, 너. 반갑고 약이 올랐다.

6층 이웃이 보리를 발견한 것은 오전 11시가 조금 안 된 시간이었다고 했다. 강아지 한 마리가 오도 가도 못하고 웅크리고 있었다고 했다. 보리는 10층에서 6층으로 4개 층을 제멋대로 뛰어다니다가 더 이상 계단을 내려가지 않고 멈췄던 것이다. 4개 층을 단 5분 만에 한달음에 뛰어 내려가 6층에서 멈춰 내내 그 자리에 있었던 것인지, 층층이 복도를 횡단하며 천천히 어슬렁거리는 도중 6층 이웃에게 발견된 것인지는 알 수 없었다. 다만 분명한 건 내가 집을 나선 것이 10시 무렵이었으니, 대략 한 시간 동안 보리는 혼자 집 밖에 있었던 것이다.

이 집 저 집 닫힌 문 앞을 킁킁거리며 돌아다니다가 불현듯 이것이 평소 산책과는 다르다는 것을 깨달았을 것이다. 뒤에서 따라오는 누나도 없고, 가끔 가슴줄을 잡아주던 할머니나 다른 가족들 얼굴도 보이지 않는다는 것을 알게 되었을 것이다. 아이쿠, 어쩌다 이렇게 된 거지? 내가 혼자 집을 나서다니! 제풀에 겁에 질렸을 것이다. 그리고 그때부터 고장 난 인형처럼 꼼짝도 못하고 웅크리고 있었을 것이다. 쪼르르 10개 층 계단을 다 내려가 아파트 단지를 천지사방 헤매거나 천방지축 길거리로 나가지 않은 것이 천만다행이었다. 소심하고 겁 많은 강아지라서 다행이었다.

자유가 늘 좋은 건 아냐

다음날 오후, 예쁜 케이크를 하나 사들고 607호에 가서 다시 한 번 고맙다는 인사를 하고 왔다. 보리의 가출 사건은 그렇게 끝났다. 그날 저녁 보리는 15분간 장황한 내 설교를 들었다. 나는 가출 청소년의 삶이란 게 어떤 것인지, 자유라는 게 얼마나 고달픈 것인지 구구절절 이야기해주었다.

그 설교가 효력이 있었던지, 생애 처음으로 저 혼자 집 밖에 나갔던 것이 꽤나 무서웠던지 그날 이후 보리는 문이 살짝 열려있을 때도 혼자 현관 밖으로 뛰쳐나가는 무모한 짓을 하지 않았다. 심지어 몇 년 후 내가 술에 잔뜩 취해 돌아와 현관문을 완전히 닫지 않은 것도 모른 채 침대 위에 곯아떨어진 아찔한 밤이 있었는데도 아침에 보리는 거실에서 유유자적 오가고 있었다. 그래도 나는 현관문을 닫기 전에 꼭 한 번씩 보리를 확인하는 습관을 버리지 않았다.

참다 참다 시위

보리는 아침에 사료를 주면 알아서 먹었다. 조금 양이 많다 싶으면 먹을 만큼만 먹고 남겨두었다가 배가 고파지면 스스로 챙겨 먹었다. 물그릇이 비어있을 때면 앞발로 그릇을 두어 번 박박 긁고는 나를 빤히 쳐다본다. 그 모습이 어찌나 귀여운지 일부러 물 주는 것을 미루고 모른 척 하고 있노라면 또 박박 그릇 긁는 소리가 들린다.

한번 들인 배변 습관을 잊지 않아서 보리는 좀처럼 배변 실수를 하지 않았다. 삶은 밤이나 고구마 같은 것을 주는 대로 받아먹은 다음 날 두어 번 배탈을 앓기도 했는데, 나는 아침에 일어나서 화장실에 갔다가 밤새 보리가 남겨놓은 배설물을 보고 놀란 적도 있다. 설사를 하느라 열 번은 더 화장실을 들락거리면서도 그 급한 와중에도 욕실 바닥 위를 요리조리 움직이며 똥을 밟는 일 없이 용케 빈 공간을 찾아 촘촘히 흔적을 남겨놓은 것이다. 이런 천재견 같으니라고!

보리의 모범적인 식습관과 배변 습관 덕분에 해가 갈수록 나는 안심하고 여행을 다녔다. 처음엔 조심스럽게 1박 2일, 나중엔 아무렇지도 않게 2박 3일. 동물병원이나 가족들 집에 보리를 맡기는 대신 익숙한 집에 두는 편이 낫다고 생각하며, 여분의 물 그릇과 사료 그릇에 먹을 것을 채워두고 떠났다. 보리야, 두 밤만 자고 올게. 혼자 잘 있을 수 있지? 현관 앞에서 물끄러미 나를 올려다보고 있는 보리를 번쩍 들어 안아주고는 카메라 가방을 메고 훌훌 떠났다.

짧은 여행을 마치고 돌아오면 보리는 언제나 나를 성의를 다해 맞아주었다. '강아지답게' 꼬리를 흔들고 깡충깡충 뛰어오르며 현관에서 나를 반겼다. 어릴 땐 외출했다 돌아온 나를 맞느라 살짝 오줌을 지리기도 했다(언젠가부터 더 이상 오줌을 지리지 않았고, 나를 맞아주는 세리모니도 예전처럼 호들갑스럽지 않아졌지만). 내가 없는 동안 보리는 적당량 사료를 먹고 물을 마시고 화장실에 얌전하게 변을 보아두곤 했다. 아무 말썽도 피우지 않고 깨끗이 집을 잘 보고 있는 거다. 기특한 녀석.

언젠가 여행을 다녀왔더니, 예나 다를 바 없이 꼬리를 치며 맞아주었다. 하지만 내가 방 안으로 들어와 가방을 내려놓고 윗옷을 벗는 동안 보리는 그동안 벼르고 별렀던 일을 벌였다. 거실을 지나 주방 앞을 거쳐 내가 짐을 풀고 있는 방 안까지 꼬불꼬불 줄줄줄 노란색의 긴 선을 그려놓은 것이다. 오줌이었다. 웬만한 행위예술가라도 이런 작품을 만들기는 쉽지 않을 그런 힘찬 드로잉. 반가운 마음에 저도 모르게 배변 실수를 한 것이 아니었다. 명백히 의도적인 행위였다. 실수였다면 미안한 마음에 주눅이 들었을 텐데, 득의만면한 저 태도 좀 보라지. 저를 혼자 남겨두고 여행을 간 것에 대한 일종의 복수이자 항의 시위였다. 나이를 먹으면서 보리는 점점 더 지능적이 되어갔다.

또 가출?

한밤중에 내가 보리 이름을 외치며 아파트 단지 안을 수색했던 적이 그 이후에도 한 번 더 있었다. 서너 달쯤 지나 가출 사건의 충격이 가라앉을 즈음이었다. 외출하고 돌아와 보니 현관 앞에 마중 나와 있어야 할 보리가 또 보이지 않았다. 집 안을 샅샅이 찾아보았지만, 역시 없었다. 또 한 번 가슴이 철렁. 아침에 나갈 때 보리가 집 안에 있는 것을 분명히 확인하고 문을 닫았는데. 내 머릿속 영상을 아무리 되짚어 봐도 전과 같은 실수가 발생할 틈이 없었다. 그런데도 보리가 없다니!

경비실로 내려가서 물어보았다. 글쎄요, 강아지요? 그런 이야기 못 들었는데. 이번에 돌아온 대답은 지난번과 달랐다. 아아, 두 번이나 같은 행운을 기대할 수는 없는 일인가?

보리와 산책하던 길을 따라 잰걸음으로 아파트 단지를 돌아보았다. 이번엔 보리를 진짜 잃어버리게 되는 건가? 꿈속에서 자주 보리를 잃어버렸던 것이 이런 결과를 예감했기 때문인 걸까?

수색은 아무런 소득이 없었다. 한밤중에 더 어디로 가서 보리를 찾아야 할지 감도 잡히지 않았다. 강아지를 찾습니다. 이 밤에 내가 할 수 있는 일은 집으로 돌아가 기어이 이런 전단지를 만드는 일인가? 마음이 무겁고 혼란해 터벅터벅 집으로 돌아왔다. 현관문을 열었다. 역시 보리는 보이지 않았다. 얘가 도대체 언제 나갔을까? 외출하던 순간을 아무리 되돌려 떠올려 봐도 집히는 구석이 없었다. 집 안 구석구석을 다시 찾아보았다. 혹시나, 하는 마음에서라기보다는 그것밖에 할 수 있는 일이 없었으므로.

동굴 속에 숨고 싶을 때

그날 밤 보리는 허무하게도 옷방으로 쓰는 작은방에서 발견되었다. 그 방에는 커다란 장롱과 서랍장, 전신거울 등이 놓여 있었는데, 녀석은 전신거울 받침대 사이, 그러니까 삼각형 모양의 틈새에 웅크리고 앉아 있었다. 딱 자기 몸만 한 공간에 끼어 들어가서 소리도 내지 않고 미동도 하지 않았던 거다. 거울 옆에는 바로 서랍장이 붙어 있어서 거울 밑 공간은 잘 보이지도 않을뿐더러 굳이 그 공간에 기어 들어가려면 의도를 가지고 움직여야 했을 텐데.

나는 그동안 보리가 그곳에 들락거리는 걸 한 번도 보지 못했다. 그날따라 빈 집에서 혼자 보내는 시간이 무료했던 걸까? 심심해서 집 안 곳곳을 어슬렁거리다가 우연히 그 공간을 발견하고 들어갔던 걸까? 들어가긴 했는데 틈이 좁아 마음대로 나오지도 못하고 갇혔던 걸까? 그랬다면 내가 그토록 불러댈 때 왜 깽 소리 한 번 내지 않고 돌멩이처럼 앉아 있었던 걸까? 갇힌 것이 아니라 새로 발견한 장소가 침대 밑 공간처럼 혼자 숨기 좋은 장소여서 스스로를 감금하고 있었던 걸까? 자신을 내버려두고 혼자 나다니는 몹쓸 누나를 골탕 먹일 생각으로 숨바꼭질을 하고 있었던 걸까? 끝없는 의문만 남았다.

보리를 잃어버리지 않았다는 데 가슴을 쓸어내렸지만, 녀석이 왜 그곳에서 숨을 죽이고 있었는지 그 심사를 알 길은 없었다. 녀석이 전신거울 아래 삼각동굴 속에 들어가는 것을 그 이후에는 다시 본 적도 없으므로, 그날의 소동은 영원히 미궁으로 남았다. 알 수 없는 녀석.

11

알 수 없는 것들

천둥은 못 말려

자르르 자르르 우르르 우르르. 하늘이 들끓는다. 아직은 괜찮다. 대낮인데 한밤중처럼 어두워졌다. 나도 모르게 등줄기에 바짝 힘이 들어간다. 마침내 꽈앙.

천둥소리는 아무리 들어도 익숙해지지 않는다. 타닥타닥 떨어지는 빗소리처럼 심장을 두근거리게 하지 않고, 까아까악 멀어지는 도시의 까마귀 소리처럼 궁금증을 일으키지도 않는다. 아무런 느낌도 감정도 실리지 않는 소리. 천둥에게는 아예 목소리가 없다고 말하는 편이 낫다. 그냥 단말마처럼 '꽈앙'. 자연의 소리가 여운도 공명도 없이 온전히 굉음인 것은 천둥이 유일할 거다. 지진이 일어나거나 화산이 폭발할 때도 비슷한 소리가 날지 모르지만, 다행히 그렇게 무시무시한 일을 직접 겪어보지 못한 나로서는 천둥만큼 큰 자연의 소리를 상상하기 힘들다. 그런데도 사람들이 하늘의 소리에 저토록 무신경한 것은 이해하기 힘든 일이다. 윗집에서든 아랫집에서든 조금만 소리가 나면 층간소음이네 뭐네 호들갑을 떨어대는 사람들이 말이다. 누나도 천둥소리쯤은 대수롭지 않게 여긴다.

한두 살도 아닌데 아직도 천둥이 무서운 거야? 아니면 천둥과 싸우기라도 하려는 거야? 천둥이 칠 때마다 베란다로 달려 나가 하늘을 향해 짖어대는 내게 누나는 매번 같은 말을 했다. 누나는 아직도 모르고 있다. 내가 천둥을 향해 짖는 건 그래서가 아니라는 걸.

그건 오히려 사람들이 목청 높여 싸울 때 내가 짖어대는 것과 같은 이유다. 무섭거나 싸우려고 덤비는 것이 아니라 말리려고 달래는 것이다. 소리에 민감한 개들은 공기의 원만한 흐름에 느닷없이 큰 파열음이나 마찰음이 끼어드는 것을 싫어한다.

개는 세상의 조화를 중시하는 평화주의자로 태어난다. 천둥소리는 저 혼자 너무 막강해서 도무지 평화를 모른다. 혼자 우뚝 치솟은 빌딩처럼. 천둥이 칠 때마다 나는 천둥을 달래기 위해 있는 힘을 다해 컹컹 짖는다. 15년 동안이나 그래 왔지만, 내가 아무리 노력해도 잘 달래지지 않는 건 천둥밖에 없다.

설마 누나도 후회하는 건 아니겠지?

하루는 옆집 아주머니를 엘리베이터 안에서 만났는데, 딸아이가 강아지를 키우고 싶어 한다며 누나에게 조언을 구했다. 때마침 산책을 마친 뒤 나를 안고 있던 누나는 이렇게 말했다.

"강아지가 있으면 확실히 달라요. 그런데 쉬운 일은 아니에요. 애

하나 더 키운다 생각하시면 될 것 같아요. 십 년 이십 년 같이 살아야 하니까, 가족들이 다 같이 잘 생각하고 결정하시는 게 좋겠어요."

사람 애를 한 번도 키워보지 못한 누나가 이런 말을 한 것에 대해 잠시 생각하느라 나는 두 이웃이 무슨 대화를 이어갔는지 더는 듣지 못했다.

그 뒤로 옆집에 새 식구가 들어왔는지 궁금했으나, 아무리 기다려도 옆집에선 새끼강아지 옹알거리는 소리조차 들리지 않았다. 누나의 조언을 심각하게 받아들인 게 틀림없다.

무슨 일이 일어나고 있다

무슨 일이든 갑자기 일어난다. 일의 조짐이나 징후부터 눈치 챌 수 있다면 어떻게든 문제를 풀어가기 쉬울 텐데, 그걸 제때 알아채기엔 사람들은 지나치게 바쁘다. 그래서 많은 일들이 '갑작스런 일'이거나 '원인을 알 수 없는 일'이 되어버린다. 막 아홉 살이 되던 해 일어난 일도 그랬다.

겨울을 나고 3월이 얼마 남지 않았는데, 누나는 지난 12월에 자른

내 털이 조금도 자라지 않았다는 것을 그제야 알아차렸다. 석 달이 다 되었지만 미용을 할 필요가 없었던 거다. 겨우내 내 피부는 눈에 띄게 얇아져 있었다. 내 몸속에서 지금까지와는 조금 다른 일이 일어나고 있었다. 내가 그걸 깨달은 것도 누나보다 한참 빠른 것은 아니었다.

세상에는 아무리 눈이 밝은 자라도 혼자서는 절대 볼 수 없는 것이 딱 하나 있다. 아이러니하게도 그건 자신에게 가장 가까운 것, 자신의 몸속이다. 화성을 탐사하고 멀리 태양계 밖을 내다보는 뛰어난 인간 과학자도 자기 몸 안에서 무슨 일이 일어나고 있는지는 보지 못한다. 몸 안에서 일어난 일이 몸 밖으로 드러나야만 겨우 눈치를 챌 뿐이다. 대개는 시간이 한참 지나 상황이 나빠진 후에야 뭔가 잘못되고 있음을 깨닫는다. 오만가지 것에 정신을 파는 대신 자신에게 집중하는 동물들은 인간보다 자각력(自覺力)이 뛰어나지만, 그렇다고 제 몸 안 사정을 낱낱이 다 알 수 있는 건 아니다. 그 점에서는 사람이나 개나 오십 보 백 보. 자신이 볼 수 없는 유일한 것이 자신의 안쪽이라니!

안과 밖

사람들이 '몸'이라고 말할 때는 어쩐지 슬픈 느낌이 든다. '똥'이나 '별'이라는 말과는 또 다르다. 어쩐지 슬픈 느낌이 들어서 누나가 '몸'이라고 말할 때마다 가만히 지켜보았다. 누나의 양 입술이 꾹 달라붙으며 입이 꽉 닫힌다. 그럴 때마다 나는 (종교 같은 걸 갖고 있진 않지만) 조물주라는 것이 정말 존재하는 건 아닐까 생각해보기도 한다. 사람들이 소시지의 양끝을 단단히 묶어두는 것처럼, 신이 몸을 가진 것들을 만들 때 그들 스스로 자신의 몸속을 들여다보지 못하도록(다시 말해 신의 영역을 침범하지 못하도록) 사방을 창 없는 방처럼 닫아둔 거다. 그래서 우리는 우리의 몸속을 들여다보지 못하고, 누나가 '몸'이라고 말할 때도 그렇게 문이 탕 닫히는 거다.

봄날은 간다

다니던 동네 병원에선 원인을 알 수 없다고 했다. 누나는 새로 동물병원을 수소문했다. 다행히 집에서 그리 멀지 않은 곳에 전문병원이 있었다. 태어나 처음으로 한꺼번에 많은 검사를 했다. 수의사와 간호

사가 나를 꽉 붙잡고 주사기로 쭈욱 피를 뽑았다. 그렇게 여러 번 채혈을 해야 했다. 사람 냄새와 다른 개들 냄새, 약 냄새와 비위에 맞지 않는 너무 많은 것들의 냄새가 섞인 낯선 사람에게 몸을 맡기는 게 싫어서 으르렁거려 보았으나, 소용없었다. 사자처럼 양쪽 이빨을 다 드러내고 머리를 흔들며 완강히 거부 의사를 표현했지만 검사는 계속되었다. 호르몬 검사, 갑상선 검사, 조직 검사, 초음파검사.......여러 날 병원에 다녔다.

의사라고 다 알까?

의사는 이러이러한 '병이다'가 아니라 이러이러한 '병인 것 같다'고 했다. 그런 말은 평소 단정을 내리고 잘난 척 하길 좋아하는 사람들이 자신이 없거나 또는 아무것도 책임지고 싶지 않을 때 쓰는 말이다.

"일단 이 약을 한번 먹여보시죠. 두 달쯤 먹고 변화가 있으면 계속 먹이시면 됩니다."

의사는 누나에게 이렇게 말했다. 그 병이어서 약을 먹는 것이 아니라, 약을 일단 먹어 보고 변화가 있으면 그 병이라니. 이젠 사람의 말을 제법 이해한다고 생각했는데, 의사가 하는 말은 이해하기 어려웠다.

만약 누나가 "비가 와서 우린 지금 산책을 할 수가 없어."라고 말하는 대신 "우리가 산책을 나가지 않고 있으면 비가 올 거야."라고 말한다면, 그걸 어떻게 이해할 수 있겠는가?

의사는 또 이렇게 말했다.
"결정은 보호자께서 하시면 됩니다."

결국 약을 먹일까 말 것인가 판단하는 건 의사가 아니라 누나 몫이 되었다. 잠시 고민하던 누나는 약을 받아 들고 집으로 돌아왔다. 누나는 내 병을 위해 뭐라도 해보는 게 낫다고 생각했기에, 나는 두 달이나 쓰고 이상한 맛이 나는 약을 먹었다. 약을 먹을까 말까를 나에게 결정하라고 했다면 나는 두 번 생각할 이유도 없이 당연히 약을 받아오지 않았을 거다.

의사가 말한 두 달이 지났다. 내 몸에 변화는 오지 않았다. 의사가 짐작하던 병이라면 '약발'이 들어야 했다. 그러나 내 등과 가슴은 여전히 열네 살 소년처럼 매끈했다. 사람의 말을 알아듣고 언어를 이해할 수 있게 되었다고 해서 내가 설마 진짜 사람이 되려는 것일까? 불행 중 다행으로 얼굴과 네 다리에는 계속해서 털이 나고 자라났다. 묘하게도 사지를 뺀 몸통에서만 털이 나지 않았다. 어쩌면 내 몸에서 더 이상 털이 나지 않는 건 개의 몸으로 사람의 언어를 알게 된 대가인지도 모른다고 나는 속으로만 생각했다. 온갖 검사를 다 했지만 끝내 병원에서는 병명을 들을 수 없었다. 당연히 치료법도

얻지 못했다.

"어떤 이유인지 모르지만 모공에 문제가 생겨 털이 나지 않는 거죠. 호르몬이라든가 다른 문제가 원인은 아니니 건강과는 상관없어요. 일종의 피부병이라고 생각하시면 됩니다."

이것이 의사의 최종 진단이었다. 의사는 누나에게 이런 말을 덧붙였다. "이런 경우 또 하나 의심되는 병이 있긴 합니다. 아주 희귀한 경우인데요." 그리고 이렇게 말했다.

"약을 드릴 수는 있어요. 약을 계속 먹이면 털이 자랄 수도 있고요. 하지만 후유증도 있을 수 있습니다."

이번엔 누나는 약을 받아오지 않았다. 체력이나 건강과 상관없이 단지 털이 나지 않는 것이라면 후유증을 감당할 필요는 없잖아. 누나는 내게 동의를 구하는 표정이었다. 물론 나도 같은 생각이었다.

약은 육포처럼 만들면 안 되나?

병원을 다니는 동안 봄이 지나고 새로운 계절이 시작됐다. 바깥 공기가 후끈해졌다. 복슬복슬 자라던 털 없이 맞은 첫 유월, 나는 등과 가슴이 조금 시렸다. 몸에 털이 나지 않을 뿐 별 문제가 없다고 했는데도 누나가 나를 자꾸 걱정스러운 눈빛으로 바라보는 것, 그것이 내게는 가장 큰 걱정이었다.

두 달간 매일 약을 먹는 동안 누나는 내게 약을 먹이려고 갖은 방법을 다 썼다. 처음엔 가루약. 사료 위에 가루약을 골고루 뿌려놓은 걸 보니 내가 별 탈 없이 먹으리라고 생각했나 보다. 혹시나 하는 마음에 가루약 위에 사료 알갱이들을 살짝 덮어놓았다. 미안하지만 순진한 생각이었다. 평소와는 다른 이상한 냄새가 나는 걸. 그래도 처음엔 조심스레 입을 대보았다. 윽. 역시나 혀에 달라붙는 쓰고 독한 맛! 비에 젖은 흙이 입 속에 들어가는 게 이것보단 나았다. 당연히 약이 묻지 않은 사료만 살살 골라먹었다.

한두 번 같은 방법을 시도하다가 누나는 곧 방법을 바꿨다. 이번엔 주사기를 받아왔다. 물에 가루약을 타서 주사기 안에 넣고 나를 불렀다. 간식을 줄 것처럼 상냥한 목소리로 나를 유인해서는 내 몸을 옆구리에 끼다시피 하고는 한 손으로 내 입의 한쪽 가장자리를 들어올렸다. 양치질을 시키려는 것인가? 이런 불편한 자세는 뭐지? 처음엔 나도 뭐가 뭔지 몰라 하는 대로 내버려두었다. 다음 순간 가늘고 긴 주사기 앞부분이 송곳니 쪽 틈에 물려지고 곧바로 쓰디쓴 약물이 입 안으로 흘러 들어왔다. 치사하게 이런 도구를 사용하다니!

내게 약을 먹이는 데 성공한 누나는 득의만면했지만, 이후 같은 방법으로 계속 성공하지는 못했다. 주사기를 들고 "보리야, 이리 와."를 아무리 외쳐도 가지 않았으니까. 주사기를 뒤에 몰래 숨겨놓고 나를 살살 꾀어 몇 번쯤은 더 성공하기도 했지만, 나에게도 누나에게도 그 방법은 그리 좋은 방법이 아니었다.

다음번에 누나는 가루약 대신 캡슐 약을 받아왔다. 수의사로부터 새로운 방법을 배워온 것이다. 새로운 방법이란 것이 불행하게도 일종의 속임수였다. 나를 무릎 사이에 끼우고 앉아 쓰다듬어 주는 척하다가 내 입을 벌린 뒤 손을 내 목 안쪽으로 들이밀어 약을 톡 떨어뜨렸다. 그리고는 내가 입을 벌려 약을 뱉어내지 못하도록 두 손으로 입을 막았다. 으으윽. 이건 강압이잖아!

누나에게 속은 것이 화가 나서 나는 머리를 세게 흔들고 입을 벌리려고 몸부림을 쳤다. 누나의 손에서 풀려나자마자 목구멍 안으로 떨어지기 직전인 캡슐을 게워낼 수 있었다. 캡슐이 입천장에 들쩍하게 달라붙었다가 침과 섞이는 바람에 캡슐 안의 약가루가 터져 나왔다. 그대로 삼키기엔 너무 썼다. 입 안에서 혀를 마구 움직였더니 침이

거품처럼 부글부글 끓어올랐다. 거품 침과 함께 캡슐을 입 밖으로 뱉어냈다.

다음날도 그 다음날도 누나는 이 강압적인 방법을 몇 번 더 시도했다. 하지만 누나는 이런 일에 그리 능숙하지 못해서 캡슐을 목구멍 안쪽으로 밀어넣는 데는 한 번도 성공하지 못했다. 반면에 나는 캡슐이 입 안에서 녹기 전에 혀를 굴려 약을 뱉어내는 방법을 쉽게 터득했다. 몇 번의 실패를 거듭한 뒤에야 마침내 누나는 이렇게 비신사적이고 어른스럽지 못한 방법은 나같이 예민한 강아지에게는 통하지 않는다는 것을 깨달았다.

이후 누나는 보다 합리적이고 평화로운 방식의 타협안을 내밀었다. 사료가 아니라 내가 좋아하는 고기 캔이나 달걀노른자, 닭고기 등등에 약 가루를 뿌려주기로 한 거다. 치즈 안에 돌돌 말거나 삶은 고구마나 감자 속에 약을 숨겨서 내 앞에 내밀기도 했다. 그래 봤자 이상한 냄새와 쓴 맛이 나는 건 여전했지만, 누나의 성의를 생각해서 대개는 모른 척 삼켜주었다.

병원은 싫어

결막염, 배탈, 귓병, 발가락 사이 모낭염.......그동안 내가 병원에 다닌 건 대개 이런 잔병치레 때문이었다. 그게 아니라면 몇 달에 한 번씩 미용을 하러. 딱 한 번 다른 이유로 병원에 간 적이 있다.

일곱 살 초여름, 산에 가서 한나절 신나게 뛰어놀다 온 다음날의 일이다. 전날 등산을 했으니 누나가 나를 데리고 산책을 나가줄 리는 없고, 나는 오전 내내 게으름을 피우며 침대를 차지하고 누워 있었다.

오후에 내 머리를 쓰다듬어 주려던 누나가 갑자기 손을 멈추며 말했다. 보리야, 귀에 뭘 묻히고 다니는 거야? 어디서 수박씨를 묻혀 온 거야? 한쪽 귀 뒤에 검은 수박씨가 붙어있다고 생각한 누나는 그걸 떼어주려다가 다음 순간 소스라치게 놀라며 나를 밀쳐냈다. 하마터면 침대 밖으로 떨어질 뻔 했다. 누나는 자칫 잘못 다루면 터지는 화약이나 되는 것처럼 나를 담요에 돌돌 말아 병원으로 데려갔다.

내 귀 뒤에 붙은 건 수박씨가 아니라 진드기였다. 한 마리가 아니라 여러 마리였다. 산에서 붙어온 작은 진드기들이 하룻밤 사이 내 피를 쪽쪽 빨아먹고 수박씨만 하게 부풀어 오른 걸 뒤늦게 발견했던 거다. 그때는 내 몸에 털이 무성하던 시절이어서 수의사는 내 털을 가닥가닥 헤집어 진드기들을 찾아냈다. 그 다음에 나는 병원에서 독한 냄새가 나는 약용목욕을 해야 했다. 진드기라니. 나로 말하자면 누나처럼 벌레를 무서워하지는 않지만, 진드기들이 내 피로 배를 가득 채워 터질 듯이 빵빵하게 부풀어 오른 것을 보니 영혼이 털린 느낌이었다. 하루만 더 늦게 발견했어도 수박씨가 아니라 애기수박만큼 커져서 내 몸을 다 짓눌렀을지도 모를 일이었다. 어쩐지 평소와 다르게 간지럽고 또 따끔거린다 싶더니. 약용목욕을 하고 진드기를 다 떼어냈는데도 누나는 며칠간이나 나를 쓰다듬어 주지 않았다.

무엇보다 치명적인 건 그날 이후 누나가 예전처럼 나를 산에 데려가서 내 마음대로 풀숲을 헤집고 다니도록 내버려두지 않게 되었다는 거다. 동네 산책을 할 때도 내 본능은 화단 속으로 성큼성큼 들어가 풀냄새 흙냄새를 맡길 원하는데, 갑자기 조심성이 많아진 누나는 가능하면 풀과 흙이 없는 보도블록 쪽으로 나를 이끌었다. 산책할 때마다 둘 사이에 은근한 신경전이 벌어지게 된 것도 그날 이후다.

이 일이 있은 후 누나는 심장사상충 약과 외부기생충 약에 더 민감해져서 기존에 쓰던 것을 보다 강력한 예방 효과가 있는 것으로 바꿨다. 그리고 아무리 바빠도 매달 이 약을 잊지 않았다. 산책할 때마다 옷을 입히고 집에 들어오자마자 옷을 벗겨 구석구석 씻기려는 누나와 내가 자주 실랑이를 하게 된 것도 이런 일이 있은 후부터였다.

엎친 데 덮친다는 말

사람들은 나쁜 일은 겹쳐서 온다고 했다. 그 말은 강아지에게도 해당되는 말이었다. 털 문제로 병원을 들락거리는 동안 내 몸에 털보다 더 시급한 문제가 발생했다. 뒷다리 문제였다. 사실 누나 앞에서는 아픈 티를 내지 않았지만, 뒷다리에 통증을 느끼기 시작한 것은 한참 된 일이다. 어떤 때는 유독 심했다가 금방 또 멀쩡해져서 누나는 문제가 심각해지는 걸 알지 못했다.

그러다 더 이상 참지 못할 지경에 이르렀다. 평소처럼 침대로 폴짝 뛰어 올랐는데 나도 모르게 '깽' 소리가 터져 나왔다. 한쪽 뒷다리를 들고 다녀야할 만큼 통증이 심해져서 그날 저녁은 집 안을 쏘다니지도 않고 방석 위에 엎드려 시간을 보냈다. 다리가 아프니 기분도 좋지 않아서 나를 만지려는 누나에게 신경질을 부렸다. 전 같으면 하룻밤 자고 나면 괜찮아졌는데, 다음날 아침에도 좋아지지 않았다. 절뚝거리고 걸을 때마다 외마디 비명이 튀어 나왔다. 결국 누나와 다시 병원에 가는 신세가 됐다. 의사는 내가 걷는 것을 지켜보고 뒷다리를 만져보고 또 엑스레이를 찍더니, 이번엔 매우 자신있게 말했다.

"슬개골탈구네요."

나같이 작은 강아지들에게 잘 발생한다는 슬개골탈구. 악명 높은 병이다. 슬개골은 무릎에 있는 작은 뼈다. 다리를 굽혔다 폈다 할 때 잘 움직일 수 있게 해주는 역할을 한다. 뒷다리로 일어서거나 미끄러운 방바닥을 걸어 다니다 삐끗하는 일이 여러 번 겹치면 슬개골이 제자리에서 벗어난다. 처음엔 탈구되었다가 저절로 다시 돌아오기도 해서 아팠다가 괜찮아지기를 반복하는데, 그런 상태가 오래 지속되면 더 이상 제자리로 돌아올 수 없게 된다. '이탈한다'는 것이 다 그렇지 않은가? 처음 몇 번은 제자리로 돌아올 수 있지만 결국은 영영.

엑스레이 결과 양쪽 뒷다리를 둘 다 수술해야 한다는 진단을 받았다. 털 문제는 일단 접어두고 다리 수술부터 해야 했다. 생전 처음 입원을 했다. 수액을 맞고 전신마취를 했다. 마취를 했기 때문에 수술하는 동안 아프거나 하지는 않았지만, 수술이 끝나고 정신을 차렸을 땐 평소와 달리 기운이 없었다. 눈앞이 흐릿하다가 조금씩 뚜렷해졌다. 누나가 나를 보러 왔을 때는 멀리 여행을 다녀온 누나를 만난 것처럼 반갑기도 하고 왠지 미안하기도 해서 의사를 향해 목청 높여 왕왕 짖어댔다. 사실은 나도 좀 겁이 났던 거다.

나쁜 일은 엎친 데 덮친다. 사람들 말이 맞았다.

12

아픈 몸들

놀아주지 못해 미안해

일주일은 배고픈 새처럼 재빠르게 지나간다. 한 달은 배고픈 새떼처럼 한꺼번에 휙 사라진다. 급하게 새로 맡은 일을 진행하는 동안은 단출한 혼자 살림도 알뜰하게 돌보기 어렵다. 늦게 들어오고 늦게 일어나고 서둘러 외출하는 동안 먼지는 제가 주인인양 집안 곳곳에 자리를 잡는다.

일주일 넘게 책을 읽지 못한다. 일주일 넘게 청소를 하지 못한다. 일주일 넘게 보리와 산책을 하지 못한다. 달려들지도 않고 떼를 쓰지도 않고 구두를 신고 나가는 나를 빤히 쳐다보고 서있는 녀석의 눈동자를 애써 외면한 채, 찰칵, 현관문을 닫곤 했다. 낙담하는 데 익숙해지는 건 사람에게나 동물에게나 서글픈 일이다.

강아지도 스트레스

"이런 증상이라면 쿠싱을 의심해볼 수 있어요."

두 달 전 의사는 이렇게 말했다. 나는 보리 몸에 털이 자라지 않는다는 걸 알게 된 뒤 며칠 동안 인터넷을 샅샅이 뒤져보았다. 보리와 유사한 증상이 있는 강아지들에 대해 검색해본 결과, '쿠싱'이라는 병이 있다는 걸 처음 알게 된 내가 물었다.

"병 자체보다 합병증이 더 무섭다는 그 쿠싱증후군 말인가요?"

혹시나 했지만 역시 그 병명을 의사에게 듣게 되다니. 내가 병에 걸린 것처럼 가슴이 두근거렸다. 쿠싱증후군이라면 결막염이나 모낭염과는 차원이 다른 병이잖아.

"쿠싱증후군은 '부신피질기능항진증'이라고도 하는데, 콩팥 옆에 있는 작은 장기인 부신의 바깥쪽 피질(皮質)에서 호르몬이 과다하게 분비되는 병을 말하는 거예요."

젊은 의사는 책상 앞에 나를 앉혀놓고 그림을 그려가면서 차근차근 설명하기 시작했다.

"뇌하수체에서 부신피질 자극 호르몬인 'ACTH'를 분비하면, 이 ACTH가 부신을 자극해서 스테로이드 호르몬인 '코티솔(Cortisol)'을 만들어내요. 그런데 호르몬 생성과 분비를 조절하는 뇌하수체에 문제가 생겨 ACTH가 과도하게 분비되면 코티솔 농도 역시 정상 수치를 넘어서게 되죠. 이때 생기는 병이 쿠싱증후군이에요. 뇌하수체는 정상인데 부신 자체에 종양이 생겨서 쿠싱에 걸릴 수도 있고, 스테로이드 약물을 과용하는 게 원인이 될 수도 있어요."

처음 듣는 단어들이 왜 이리 많은지, 낯선 도시에 들어선 것 같았다.

"부신 자체에 종양이 생긴다고요? 그럼 일종의 암인가요? 보리는 스테로이드 약을 오래 쓴 적이 없는데, 그럼 뇌하수체 문제인 걸까요? 그런데 뇌하수체엔 왜 문제가 생기는 거죠?"

내 입에서 연달아 질문이 쏟아졌다.

"주로 뇌하수체 문제일 경우가 많아요. 물론 검사를 해봐야 정확한 원인을 알게 되지만요." 30대 중후반쯤으로 보이는 키 큰 수의사는 계속 말을 이어갔다.

"코티솔은 스트레스 호르몬이라고도 해요. 외부로부터 스트레스 자극을 받으면 몸이 위협에 대항하기 위해 에너지를 만들어내는데, 그 과정에서 코티솔이 분비되는 거예요. 강아지도 그렇고 사람도 마찬가지예요. 그런데 장기간 지속적으로 스트레스를 많이 받게 되면 코티솔 혈중 농도가 정상치를 넘게 되고, 이로 인해 면역 체계가 약해져서 여러 장기에 손상을 주게 되는 거죠. 간수치가 올라가거나 신장이 나빠지거나 심장이나 중추신경계가 손상되거나."

의사의 말이 길어지는 것만으로도 심각한 병이구나 싶었다. 어쩌면 좋지? 인터넷에는 이 병에 걸리면 몇 년 못 산다는 말도 있었다. 걱정이 밀려왔다. 처음 듣는 의학 용어에 혼란스러웠지만 그 와중에 '장기간 지속적으로 스트레스를 많이 받게 되면'이라는 말만큼은 또렷하게 들렸다. 결국 지나친 스트레스가 쿠싱의 원인이 될 수 있다는 건가?

강아지가 무슨 스트레스요! 나는 들으란 듯 보리를 쳐다보며 크게 말했다. 먹고 살 걱정이 있는 것도 아니고, 하기 싫은 일을 해야 하는 것도 아닌데. 이번엔 의사를 향해 물었다. 일반적으로 강아지들이 스트레스를 많이 받나요? 내 질문에 의사가 무심하게 대답했다.

"어떻게 기르느냐에 따라 다르죠. 집안 환경이 맞지 않을 수도 있고, 산책을 자주 시켜주지 않으면 스트레스를 심하게 받을 수도 있어요. 자주 혼자 놔두어도 스트레스를 받을 수 있으니까요."

나는 뭔가 잘못한 사람 같은 마음이 되었다.

"그런데 쿠싱에 걸리면 갑자기 많이 먹고 물도 많이 마시고 오줌도 많이 눈다는데요? 보리는 전혀 그런 증상이 없어요."

마지막 저항을 하듯 내가 말했다.

"혈중 코티솔 농도가 높아지면 식욕이 증가해서 많이 먹게 되죠. 하루 종일 먹으려는 애들도 있어요. 지방은 쌓이는데 복강 내 근육량은 위축돼서 배가 아래로 불룩하게 처지기도 하고요. 보리처럼 피부도 얇아져요. 주로 다식(多食), 다음(多飲), 다뇨(多尿)를 쿠싱증후군 증상으로 보지만, 증상이 나타나지 않는 경우도 있으니까 일단 검사를 해봐야 해요."

의사는 내 저항을 단칼에 잘라버리고 단단히 못을 박듯 말하고 일어섰다.

여러 날 여러 검사가 진행되었다. 남의 손길을 잘 받아들이지 않는 녀석이라 검사를 하는 데 애를 먹었다. 눈알을 번득이며 고개를 좌로 우로 휘두르고 발버둥을 치고 이를 드러내며 날뛰었다. 그런 녀석을 시술실로 들여보내고 나니 마음이 무거웠다. 보리야, 너 그동안 그렇게 스트레스가 많았던 거니?

원인 모를 병

의사가 "쿠싱입니다."라고 단정하는 대신 "쿠싱인 것 같으니 일단 약을 먹여보시죠."라고 말한 건 검사 결과 코티솔 수치를 포함한 여러 수치가 모호하게 나왔기 때문이다. 정상 범위라고 하기엔 좀 높고, 쿠싱이라 단정하기엔 좀 낮은 경계 수치. 세상의 모든 경계는 늘 이렇게 어질어질 머리가 아픈 법이다.

보리는 의사의 권유에 따라 두 달 간 쿠싱 약을 먹어 '보았다'. 아무런 변화가 없었다. 쿠싱이라면 털이 났어야 하는데, 머리와 사지를 뺀 몸통에는 여전히 털이 나지 않았다. 결국 의사는 쿠싱이 아닌 것으로 결론 내렸다. 그러고는 왜 몸통에만 털이 나지 않는지를 설명해주는 데 애를 먹었다. 피부병 종류이긴 하지만 원인을 알 수 없다고 했다. 흔하게 생기는 병은 아니라고 했다. 2차 진료기관이나 대학병원에 데려가면 혹시 원인을 알 수 있을지도 모르겠어요. 의사는 변명하는 듯한 목소리로 덧붙였다.

하필 남들이 걸리지 않는 흔치 않은 병이라니. 다행히 남들도 잘 걸리는 대중적인 병인 슬개골탈구 수술은 양쪽 모두 무사히 마쳤지만.

아픈 몸들이 그러하듯

보리는 뒷다리 양쪽에 깁스를 한 채 집으로 돌아왔다. 난생 처음 해보는 깁스에 어떻게 앉아야 할지 당황하는 눈치더니, 시간이 좀 지나면서 차츰 편한 자세를 터득해갔다. 뒷다리를 끌고 혼자서 화장실도 잘 들락거렸다. 개들은 아픈 몸을 사람보다 잘 견디는 것일까? 반려견들은 웬만큼 아파도 내색을 하지 않는 것이 본능이라고 했다. 가족이 자기를 버릴까봐.

여전히 밥을 잘 먹기는 했지만, 마음대로 뛰어다니거나 산책을 할 수 없으니 자주 웅크리고 누워 있었다. 작은 짐승이 힘없이 몸을 말고 누워있는 모습은 바람 속을 떠다니는 빈 비닐봉투처럼 애잔했다. 세상의 모든 아픈 몸들이 이와 같을 것이다.

'몸'이라는 슬픈 말

보리를 혼자 두고 광고주 미팅을 하러 가는 아침, 버스가 교차로를 막 건너는데 차 후미에서 쿵 소리가 나더니 멈추었다. 내가 탄 버스가 우회전을 하던 오토바이를 치었다. 앉아있던 뒷좌석에서 쓰러진 남자의 다리가 내려다보였다. 승객들은 교통사고를 낸 버스에서 내려 다음 버스를 기다려야 했다. 버스에서 내린 승객들과 주변을 지나던 사람들이 모여들어 기웃거릴 때에도 쓰러진 몸은 미동을 하지 않았다. 다행히 그는 헬멧을 썼고, 다행히 피가 흐르는 것 같진 않았다.

길바닥에 쓰러진 몸. 누군가 아침 배달을 나가던 이였을 것이다. '몸'이라는 말이 나도 슬펐다.

영양식 먹는 날

깁스를 풀고 나서도 침대 위에 뛰어 오르거나 뒷다리로 서는 건 금물이다. 보리에게 금지령을 내렸으나 며칠이 지나자 철없는 개구쟁이처럼 여전히 침대 위로 뛰어오르고 싶어 했다. 그제야 나는 침대에 쉽게 오르내릴 수 있도록 반려견 계단을 주문했다. 그걸 이제야 생각해 내다니.

미안한 마음에 닭고기와 황태와 양배추를 듬뿍 넣은 영양식을 만들어 주었다. 고백하자면, 두부와 계란 노른자가 강아지들에게 좋은 줄 알게 된 것도 이즈음이나 되어서다. 이런 무심한 누나라니. 다음날은 두부 한 모를 살짝 데쳐 3분의 2는 허브채소 잎을 넣고 나를 위한 두부샐러드를, 나머지 3분의 1은 삶은 계란 노른자를 으깨 살살 뿌려서 보리 앞에 내놓았다. 오후의 건강식을 사이좋게 나눠 먹고 내가 방바닥에 앉아 책을 보는 동안 보리는 침대 위에서 낮잠을 잤다.

여름이 가면서 보리와 나의 일상은 조금씩 다시 안정을 찾아갔다.

한 목숨 한 생애

2주 만에 깁스를 푼 보리는 핀을 심어 넣은 뒷다리에 생각보다 빨리 적응했다. 병원에서는 자주 마사지를 해주라고 했지만, 익숙지 않은 것인지 아직 불편한 것인지 다리에 손을 대면 으르렁거리며 몸을 피했다. 마사지해주려다가 서로 성질만 돋우곤 했다.

딱히 재활치료라고 할 것도 없이 보리는 다시 예전처럼 집 안을 발발거리며 돌아다녔다. 어느새 여름이 짙어 베란다 창 밖 에어컨 실외기에는 가끔씩 커다란 매미가 올라앉아 악을 쓰고 울어댔다. 마찰이 아니라 몸 안의 진동막으로 소리를 낸다는 매미. 소리로 이루어진 몸들이 재 생애를 온전히 치러내고 있는 걸 보니, 한 계절 살다 갈 매미도 아픈 개처럼 안쓰러웠다.

미물(微物)이 어딨어

으렁으렁 천둥치더니 후룩후룩 비 쏟아진다. 기력을 완전히 회복한 보리가 또 천둥에 대들려고 베란다로 달려든다. 비가 들이치지 않도록 베란다 바깥 창문을 닫으러 나갔다가 웬 자그마한 벌레가 방충망에 붙어 있는 걸 봤다. 이번엔 매미가 아니라 개미 몸길이보다 조금 큰 놈이다. 움직이지 않는 걸 보니 죽은 채였다. 아파트 이 높이까지 기어오른 것일까, 날아온 걸일까? 자세히 들여다보니 놈은 아등바등 방충망 비좁은 구멍으로 들어오려다가 오도가도 못 하고 끼어 있었다. 집 안에서 나가려던 것이 아니라 밖에서 안으로 들어오려던 것이다.

언제부터 이곳에 박제처럼 끼어 있던 것인지 알 수 없었다. 이번 비에 휩쓸려 떠내려가는 것을 피하려고 집 안으로 들어오려고 했던 걸까? 그러나 네 몸이 네 의지를, 네 생명을 배반했구나. 개미도 모기도 벌도 아닌 것아, 이름도 모르는 작은 곤충아. 이토록 덥고 습한 여름날, 너희들도 사느라 참 고생이 많겠구나. 미물이라 불리는 것들, 잡

초라 불리는 것들도.

13

인간의 언어, 모두의 감정

외로워도 괜찮아

엘리베이터 오른쪽으로 두 번째 집에 나보다 큰 개가 살고 있다. 목소리를 들으면 알 수 있다. 아마 나보다 몸집이 세 배는 클 것이다. 녀석은 정오 무렵이나 늦은 오후에 한 번씩 목청 높여 하울링을 한다. 우우. 우우. 녀석이 울 때마다 오후의 아파트 단지는 외로운 벌판으로 바뀐다. 누나가 없을 때 녀석이 울면 나도 같이 그 벌판에 서있는 것 같다.

사람들이 집을 비우는 오후가 되면 이 아파트 단지에서 혼자 집을 지키는 개들이 얼마나 될까? 적어도 너덧 층마다 한 집이나 두 집 정도는 반려견이 있을 텐데. 해는 지고 어둠이 저벅저벅 몰려올 때 집집마다 현관을 바라보며 우두커니 앉아 있을 개들의 아파트.

도로에서 사이렌 소리가 들릴 때 나도 몇 번인가 하울링을 한 적이 있다. 아오우. 목을 높이 치켜들고 달밤의 늑대처럼 짖었다. 내가 첫 하울링을 했을 때 누나는 깜짝 놀랐다. 그러더니 곧 나를 '땅콩늑대'라고 놀려댔다. 사람들은 사이렌 소리에 반응하는 개를 보며 비웃지만, 사이렌 소리가 하울링 소리와 비슷하게 들린다는 건 모를 거다. 둘 다 주의(主意) 신호이자 경보(警報)이기 때문이다. 같은 층에 살면서도 저 하울링의 주인공을 마주친 적은 없지만, 덩치에 맞지 않게 외로움을 많이 타는 녀석일 것이다. 언젠가 녀석을 만나게 되면 해줄 말이 많은데.

외롭다는 거, 그거 그렇게 울어봐야 소용없어. 어차피 정면으로 통과해야만 끝나는 주유소 자동 세차기의 폭우 같은 거니까. 온몸이 폭풍우에 홀딱 젖어버릴 것만 같을 거야. 무시무시한 굉음을 내며 눈앞에서 핑핑 도는 거대한 기둥도 끔찍하고. 언제 끝날지 알 수 없어 몸이 덜덜덜 떨리기도 할 거야. 나는 떨고 있는 걸 보이기 싫어서 내가 낼 수 있는 가장 큰 소리로 짖어대곤 했지. 그렇지만 소용없었어. 도망갈 수도 없지. 끝까지 통과해야만 비로소 동굴 같은 어둠 속에서 빠져나올 수 있으니까. 그래야만 제 갈 길을 갈 수 있고. 그런데 말이야. 이상하더라고. 그게 한 번 휘몰아치고 나면 오히려 깨끗해지는 거지. 눈앞이 탁 트이는 것 같고. 잡아먹을 듯 달려들지만 그들은 결코 내 안 깊은 곳까지 손을 뻗치진 못해. 그러니 벗어나는 방법은 단 한 가지뿐이야. 익숙해지는 것. 익숙해지면 외로움도 괜찮아.

견디는 법

무언가를 견디는 가장 좋은 방법은, 그냥 견디는 것뿐이야. 버티는 것. 피할 수 있고 도망갈 수 있는 거라면 얼마든지 피하고 도망가도 돼. 누나가 나를 혼낼 때 처음엔 나도 눈을 똑바로 마주보고 고스란히 듣고 있었어. 나중엔 그럴 필요가 없다는 걸 깨달았지. 그래서 그냥 침대 밑으로 쏙 도망갔어. 누나가 씩씩 화를 내며 쫓아왔지만, 나는 누나보다 잽싸고 누나는 침대를 들어내지는 못했지. 누나는 매번 "이놈의 침대, 다리 없는 걸로 바꿔버릴 거야." 하고 침대를 향해 화를 냈지. 그리고 어느 날 정말로 침대를 바꿔버렸어. 내가 더 이상 다리 밑에 숨을 수 없는 평상형으로. 하지만 괜찮아. 그땐 누나도 나도 나이가 들어서 웬만해서는 서로 싸우지 않게 되었거든.

그러나 언젠가는 피할 수도 없고 도망갈 수도 없는 것과 정면으로 맞부딪히게 되기도 하지. 그럴 땐 별 수 없어. 버티고 견디는 것만이 유일한 방법이니까. 그렇지 않으면 지나갈 수가 없는 거지. 계속 살아가는 것이 중요해.

사람으로 살아가는 것은 어떤 느낌일까

'오네이다 부족은 늑대가 사는 새로운 영토로 이사하기로 결정한 후, 의회에서 늑대들의 의견이 존중되어야 한다고 생각했다. 그에 따라 회의에서 항상 누군가는 늑대의 권리를 옹호하게 되었으며, 회의를 시작할 때 "누가 늑대를 대신해 말할 것인가?"를 묻곤 했다고 한다.'(*제이 그리피스, 『땅, 물, 불, 바람과 얼음의 여행자-원시의 자유를 찾아 떠난 7년간의 기록』)

누나는 내가 거룩하고 아름다운 사람의 언어와 문장들을 자주 들으면 다음 생에 내가 사람으로 태어날 수 있다고 믿고 있다. 『금강경』이라는 책은 누군가 그 책을 읽는 것을 듣는 것만으로도 이승에서 지은 업보를 감할 수 있다고 했다면서.

"사람으로 사는 게 꼭 추천할 일은 아니지만, 세상에 대한 호기심이 많으니 너도 한번쯤 사람으로 태어나는 것도 괜찮을 거야."

누나는 인디언 추장처럼 말했다. 때때로 누나와 내가 대립할 때면 누나는 '감히' 강아지 주제에 사람 눈을 똑바로 쳐다보고 시선을 피하지도 않으며 먼저 애교를 피울 생각도 않는 못된 강아지라고 한탄하면서도, 나를 산으로 들로 바다로 데리고 다닐 때에는 내가 야생동물처럼 자유롭고 독립심이 강하며 자아가 확실한 강아지이길 바랐다. 양립하기 힘든 그 두 개의 바람 사이에서 나는 어쨌든 순종적이고 애교 많은 착한 강아지가 되지는 않았다.

그렇다고 다음에 내가 꼭 사람으로 태어나야겠다고 결심한 것은 아니다. 다만 사람으로 사는 것은 어떤 느낌일까 궁금하기도 하고 누나가 어떤 말들을 특히 좋아하는지 알고 싶기도 해서, 책을 읽어주는 동안 누나의 무릎 위에 앉아 가만히 귀를 기울이곤 했다. 누나가 나를 보며 "알아듣겠지? 보리야."라고 물으면 내가 열심히 주의를 기울이고 있다는 뜻으로 고개를 살짝 갸웃거리기도 했다. 그런 나를 보고 누나는 흡족해서 한 페이지가 넘게 책을 읽어주기도 했다. 심지어 '노동법'에 관한 책을 읽어준 적도 있다.

나는 곧 지루해져서 몸을 뒤척이며 일어난다. 책은 한두 문장 정도면 충분하다. 그래도 책 읽는 소리를 듣다 보면 누나와 배를 타고 섬으로 갔을 때처럼 푸르고 크고 신비한 어떤 것에 실려, 처음 보는 멋진 곳으로 흘러가는 느낌이 들 때도 있다. 그게 사람의 느낌인 걸까?

만약 다음 생에 내가 정말 사람으로 태어난다면, 나는 그때 "누가 반려견을 대신해 말할 것인가?"라고 묻는 사람이 되고 싶다.

차라리 내가 배우는 게 낫겠어

내가 사람의 말을 익히기 시작한 건 아무리 말해도 누나가 내 말을 알아듣지 못해서였다. 누나가 나를 나무랄 때 내가 여러 번 코를 핥았더니, 누나는 내가 혀를 날름거리며 자신을 놀린다고 생각했다. 이번엔 할 수 없이 하품을 해서 내 뜻을 전달했다. "알았어. 누나. 진정하자고. 그렇게 자꾸 큰소리를 내면 불안해진단 말이야." 그래도 누나는 내 말을 전혀 이해하지 못했다.

두 살이 되면서 나는 차라리 내가 누나의 말을 알아듣는 게 빠르다는 걸 깨달았다. 전에도 말했지만, 사람들과 함께 살려면 엄청난 인내력이 필요하다는 사실과 함께.

사실 반려견이 사람과 함께 살기 위해 알아야 할 사람의 말이 뭐 그리 많은 건 아니다. 이리 와, 앉아, 누워, 빵야, 하이파이브, 기다려, 안 돼, 밥 먹을까? 나갈까? 씻을까? 잘까? 공 가져와, 던져........최소한의 기본 문장만 알아도 외국에 가서 굶거나 숙소를 찾지 못하거나 차를 타지 못해 여행을 망치는 일은 없는 것처럼, 사람의 말 열두어 개만 알아들어도 적당한 반려생활이 가능하긴 하다.

그러나 나는 심심할 때마다 틈틈이 사람의 언어를 배우고 익혔다. 누나가 가끔씩 책을 읽어준 덕분에 먹고 자고 놀고 싸는 데 필요한 일상용어 외에도 점점 더 많은 말들을 알게 되었다. 그렇다고 굳이 아는 티를 내지는 않았다. 내가 사람의 말을 다 알아듣는다는 걸 알면 누나가 전처럼 내게 많은 이야기를 털어놓지는 않을 테니까. 누나의 비밀을 지키기 위해 나도 내 비밀을 털어놓지는 않았다. 내가 말한다 해도 어차피 누나는 내 말을 알아듣지 못할 테지만.

한참 더 시간이 지나고서야 누나는 내 몸짓의 말들-하품하기, 코 핥기, 귀 젖히기, 꼬리 흔들기, 등 돌리기, 쳐다보기 등등-과 내 목소리의 높낮이와 톤에 따라 달라지는 내 말 뜻을 이해하기 시작했다. 개와 함께 사는 사람들에게는 가장 기본적인 것들이었다. 학생으로 치면 아주 형편없는 실력이었다.

슬프고도 찬란한 사람의 말

알면 알수록 신기했다. 사람의 말. '나이를 먹었다'거나 '아버지의 뒤를 이어 어부가 되었다'는 말 같은 거. 왠지 슬프고도 찬란하다. '뭉클'이란 말은 울다 나온 솜이불 속 같고. '어차피'라든가 '기어이' 같은 말은 아무리 사람이더라도 아침 열 시에 줄줄이 노란색 옷을 맞춰 입고 공원에 나온 어린아이들이 쓸 만한 말은 아니다.

세상의 모든 동물들은 아무리 멀리 떨어진 곳에 산다 해도 개들은 개들끼리, 독수리들은 독수리들끼리, 즉 같은 종끼리는 모두 같은 말을 사용한다. 그러니까 처음 만난 서울의 개와 저 멀리 안데스의 개라도 서로 대화를 나눌 수 있다. 사실 동물들은 다른 종이라도 웬만한 말은 서로 주고받을 수 있다. 오직 사람들만이 국경을 나누고 언어를 나누어서 서로를 이해하지 못한다. 다른 동물들의 말과는 달리 사람의 말은 사람 그 자신의 본능이나 본질과도 상관없고, 또 불필요하게 꾸민 말들이 많기 때문일 것이다.

그렇다 하여도, 밥 풀 꽃 새 땅 흙 해 달 별 숲 물 강 산 들 소 양 똥 콩시 잠 너 나 숨 몸 손 발 등 배 집 논 밭 눈 비 돌 탑 낮 밤 길 섬........이런 사람의 말들은 하나같이 다 아름다웠다. 모든 말이 다 이렇게 외마디 감탄사 같다면, 나 같은 개도 사람의 말을 할 수 있을 텐데. 그런데 '삶'은 좀 어렵다. 발음하는 것도 뜻을 온전히 이해하는 것도.

아, '청상과부'란 말도 있지. '미망인'이란 말도. 아름다운가 싶다가도 사람의 말이란 이렇게 폭력적이라니까.

'개 같은'

사람의 말을 알아가던 초기에 나는 '개 같은'이라는 말의 쓰임에 무척 놀랐다. 귀엽다, 정직하다, 한결같다, 사랑스럽다, 영리하다, 이해심 많다, 믿음직하다 같은 뜻이 아니라, 세상에나, 그 말이 욕이라니! 사람들이 엄지손가락과 집게손가락을 동그랗게 맞붙이고 나머지 손가락을 펼친 손 모양, 그러니까 OK 제스처가 어떤 나라에서는 상대방에게 하는 욕으로 이해된다지만, 아무리 사람과 개의 언어와 생각이 달라도 그렇지, '개 같다'라는 말을 사람들이 욕으로 쓰고 있다니. 처음엔 상상도 하지 못했다.

다시 생각하고 또 다시 생각해도 그 말은 틀렸다. '개 같은'이라는 말이 언제, 어떤 연유로 원래의 뜻과는 정반대의 의미로 사용되기 시작했는지 몰라도 '사람 같은'이라는 말의 오류임에 틀림없다. 왜냐하면 누나와 함께 뉴스를 듣다가 알게 된 사실은 이 세상엔 간혹 '개만도 못한' 사람이 있거나 아주 드물게 '사람만도 못한' 개가 있다는 거였다.

불안에 대처하는 방식

'기도, 관찰, 암송, 명상, 추억. 이런 것들은 긴 여정을 걸어가는 자가 세계의 암담한 거대함 속에서 자신이 마치 잃어버린 머리핀 장식처럼 느껴질 때 밀려오는 불안감에서 벗어나기 위해 마련하는 전략이다.'

이 말은 내 말이 아니라 누나가 들려준 말이다. 사실은 누나가 한 말도 아니다. 프랑스 어느 작가의 책에 나온 말이다(*실뱅 테송(Sylvain Tesson), 『여행의 기쁨』).

기도, 관찰, 암송, 명상, 추억. 이런 거라면 나도 얼마든지 할 수 있다. 내가 창가 햇살 아래서 아무 소리도 내지 않고 움직이지도 않고 눈조차 깜빡거리지 않고 한 곳을 응시하고 있는 것을 보면 누나는 일부러 점잔을 빼며 이렇게 묻는다. "보리군, 뭔 생각을 그리 하십니까?

명상이라도 하시는 겁니까?"

동물들이 기도나 관찰, 암송이나 명상, 추억을 하지 못한다고 생각하는 이들이라면, 반려견을 기를 자격이 없다. 그렇게 생각하는 이들은 자신의 반려견이 '잃어버린 머리핀 장식처럼 느껴질 때 밀려오는 불안감'도 모른다고 생각할 거다. 하지만 감정은 사람들만의 것이 아니다. 암이나 디스크, 심지어 우울증이나 치매까지, 사람들이 걸리는 거의 모든 병을 반려견들도 앓을 수 있는 것처럼.

누나가 한동안 아무 소리도 내지 않고 고개도 돌리지 않고 나에게 말을 걸지도 않을 때, 그렇다고 일을 하거나 조는 것도 아닐 때, 누나는 스스로 화장대 뒤에 떨어져 있는 머리핀 장식처럼 느끼고 있다는 걸 나는 알고 있다. 그럴 때 나는 놀아달라고 조르는 대신 조용히 다른 방으로 건너가 누나의 기도나 명상이 끝나기를 기다린다. 나는 그 정도 사려쯤은 할 수 있는 개다.

꼭 안아 줄게

빈번하지는 않지만, 외출했다 돌아온 누나가 평소처럼 나를 번쩍 안아 올리며 귀가 인사를 하지 않는 날도 있다. 돌아와서 외투를 벗지도 않고, 집 안에 불을 켜지도 않는 날. 내 물그릇에 물이 비었는지 확인하지도 않고, 이 방 저 방 오가며 부산을 떨지도 않는 날. 대신 어둠 속에 그대로 주저앉는 그런 날 말이다. 누나가 소금처럼 웅크리고 있을 때, 웅크린 사람은 왜 웅크린 새들보다 더 작아지는 걸까?

그런 날, 나는 누나를 물끄러미 바라보다가 옆으로 다가가 조용히 엉덩이를 붙이고 앉는다. 누나가 나를 안아 올릴 때까지 가만히 기다려 주려고. 누나의 명상이나 기도가 너무 오래 지속될 때에는 땅에 떨어져 흩어져 버릴 듯 축 처진 손등이나 발등을 할짝할짝 핥아준다. 7분이나 10분, 때로는 그보다 더 시간이 지나서 한참 만에 누나는 나를 안아주곤 했다. 그런 날에는 평소보다 힘을 줘서 나를 꼭 껴안기 때문에 숨을 쉬기가 좀 답답하기도 하지만, 평소처럼 버둥거리지 않고 될 수 있는 한 가만히 참고 있다. 그것이 작은 개인 내가 누나를 안아주는 방법이다. 사람들에겐 집 밖에서 꼭 신나고 재미있는 일들만 일어나는 것은 아니다.

목욕 트라우마

몇 번쯤은 누나가 내게 "이놈의 개새끼!"라고 소리친 적이 있다. '개새끼'란 말은 원래 '강아지'와 같은 뜻인데, 누나가 "이놈의 개새끼"

라고 말할 때는 완연히 다른 뜻이 된다. 두 개의 말은 2배 식초와 아이스크림만큼 차이가 있어서 누나의 목소리도 아주 딴판이다.

그런 일은 대개 목욕을 하는 중에 일어났다. 내가 순식간에 욕실을 빠져나와 나만의 은신처, 즉 누나의 손이 닿지 않는 유일한 곳인 침대 밑에 숨어버렸을 때다.

내 몸은 온통 물에 젖어 있다. 내가 욕실을 뛰쳐나오기 바로 전 누나가 내 등 위에 샴푸를 바르고 비누거품을 바글바글 만들어놓았기 때문에 내가 앉은 자리는 비눗물이 뚝뚝 떨어져 고이고 있다. 나는 욕실에서 뛰쳐나와 후다닥 거실을 지나 침대방 문턱을 넘어 침대 밑에서도 대각선으로 가장 구석진 자리에 자리를 잡았으므로, 내가 지나온 자리에는 고스란히 비눗물이 남았을 것이다. 그것이 누나의 화를 더 돋운다는 걸 알지만, 그래도 나는 욕실로 돌아가긴 싫다. 샤워기와 수도꼭지에서 쏟아지는 굉음, 물의 미끈하고 사나운 압력.

어릴 때는 목욕하는 것이 그렇게까지 싫지는 않았는데, 누나가 밥에 든 콩을 싫어하듯 나도 점점 목욕하는 것이 싫어졌다. 언젠가 세면대에서 목욕을 하다가 누나 손에서 미끄러져 욕실 바닥에 사정없이 내리꽂힌 뒤로는 목욕이란 말만 들어도 두 귀가 저절로 뒤로 젖혔다. 그때 내 목구멍에서는 유리창 같은 비명이 쏟아졌다. 꼭 죽는 줄 알았다. 지리산 개에게 목덜미를 물렸을 때보다 더 놀라고 아팠다. 나를 떨어뜨린 누나는 나보다 더 혼비백산하여 어쩔 줄을 몰랐다. 다리라도 부러진 줄 알았는데, 15분쯤 뒤에 정신을 가다듬고 몸을 털고 일어서보니 다친 곳 없이 멀쩡했다. 금세 나는 언제 그런 일이 있었냐는 듯 집 안을 빨빨거리며 돌아다니긴 했다.

그 일이 있은 뒤 몇 주 동안 누나는 사과의 뜻으로 억지로 나를 씻기려 들진 않았다. 그렇다 해도 언제까지나 씻는 것을 피할 수는 없는 일이었다. 누나는 나를 세면대에 올리는 대신 안전하게 욕실 바닥에 내려놓고 샤워기를 들이댔지만, 목욕은 내겐 더 이상 '안전'의 문제가 아니었다. 목욕시간이 되면 나도 모르게 입 꼬리가 올라갔다. 누나가 내 기분과 상관없이 목욕을 강행할 때마다 나는 으르렁거리는 못된 개가 되어갔다.

착한 개가 되기보다는

나는 낯선 사람들 앞에서도 짖지 않고 발랑 배를 드러낸 채 누워서 꼬리를 흔들어대는 것으로 사람들의 귀여움을 받는 착한 개가 되기보다는 내 의견을 말하는 개가 되기를 원했다. 그들이 내 몸에 손을 대기 전에 나는 충분히 냄새 맡고 탐색할 시간이 필요한 개라는 것을 알려주어야 했다.

내 희망사항은 사람들이 그들의 반려견에게 결코 바라지 않는 그런 희망사항이었다.

감정은 사람들만의 것이 아니다

슬픔, 기쁨, 공포, 두려움, 놀람, 분노, 불안, 우울, 절망, 희망, 의기소침, 질투, 사랑, 증오, 모욕감, 심술, 친근함, 호기심, 다정함, 낙담, 의기소침, 무력감, 인내, 반성, 끈기, 참을성, 부끄러움, 수치심, 경악, 의기양양, 단호함, 서러움, 동정심, 이타심, 이기심, 충성, 복종, 용기, 아첨, 신뢰, 기다림, 그리움, 귀찮음, 모험심, 포용심, 추억, 망각, 불쾌감, 유쾌함, 장난, 유머.......

사람들은 개가 느끼는 감정이 사람이 느끼는 감정에 미치지 못할 거라고 단정한다. 그건 개들은 결코 가지고 있지 않은 것을 사람들이 딱 하나 더 갖고 있기 때문이다. '오만과 독선'이라 불리는 것.

다른 종에 대한 이해력과 분별력이 높은 소수의 사람들만이 개를 비롯한 동물들도 인간과 다름없는 감정을 느낀다는 것을 안다. 유명한 진화론자이자 생물학자인 찰스 다윈(Charles Darwin) 이후 오랜 시간에 걸친 관찰과 연구 결과, 그런 이들이 조금씩 많아지긴 했다.

그러나 냉정하게 말한다면, 사람들이 평생을 바쳐 집중하는 연구 중에는 그럴 만한 이유가 없는 것들이 수도 없이 많다. '동물들도 감정을 느끼는가?'와 같은 연구 말이다. 동물들이 '사람들도 감정을 느끼는가?'와 같은 연구를 하지 않는 것은 사람들에게 무관심하거나 연구 능력이 없어서가 아니라, 감정이 나만의 것이라는 턱없는 생각을 애초에 하지 않기 때문이다. 감정은 몸을 갖고 태어나 지구상에 살아가는 모든 생명체가 가진 공통 자산이다. 공기와 물, 대지와 자연이 사람들만의 자산이 아닌 것처럼. 그걸 모르고 지극히 당연한 결론에 이르는 연구에 평생 매달리다니.

나의 소원

매년 추석이나 정월 대보름, 달이 뜨면 누나는 나를 높이 안아 들고 달의 둥근 뺨에 내 작은 얼굴을 겹치도록 놓고 늘 같은 말을 했다.

"보리야, 소원 빌어야지."

나는 해마다 같은 소원을 빌었다.

"달에게 빈 누나의 소원이 이루어지기를."

14

세상의 모든 보리들

침대 차지하기

새벽 두 시. 침대에서 옆으로 누워 책을 보는데 자꾸 밀리는 느낌. 가만 보니 보리가 몸을 가로로 길게 빼고 누워 베개 두 개를 다 차지하고 있다.

"이봐, 한쪽으로 좀 비켜줘."

자는 녀석 엉덩이를 톡톡 쳤더니, 꼼지락거리며 베개 위에서 내려와 침대 한가운데 두 베개 사이에 코를 묻고 잔다. 불편하지만 내가 침대 한쪽으로 밀려날 수밖에.

'동물농장' 볼 시간

일요일 아침 9시 반이면 보리와 'TV동물농장'을 본다. 보리는 때때로 TV 앞으로 달려가 흰자위가 드러날 정도로 눈을 크게 뜨고 고개를 갸웃거리며 화면을 들여다본다. 그 속으로 빨려 들어갈 듯이.

‘세상에 나쁜 개는 없다’는 내가 무척 좋아하는 프로그램이지만 보리는 ‘TV동물농장’이나 동물다큐를 더 좋아한다. 같은 처지인 도시의 개들보다는 새나 코끼리, 미어캣 같은 야생의 동물들이 더 궁금하기도 하고, ‘반려견 교육은 내가 아니라 누나가 받아야지.’라고 생각하고 있는 것이 분명하다.

웬만하면 빼놓지 않고 보는 이 일요일 아침 프로그램은 예능 프로인데, 예능 프로를 보며 나는 자주 훌쩍거린다. 버려진 개들은 처참하고 학대받은 고양이들은 참혹하다. 버려진 개들은 버려진 자리를 맴돌며 버린 자를 기다리고, 학대받은 고양이들은 구석으로 숨어들어 남은 제 생을 학대한다. 동물원에 갇힌 북극곰, 잡혀온 돌고래, 불법 밀렵으로 팔려온 야생동물들의 불우하고 기구한 사연은 볼 때마다 안타깝고 볼수록 끔찍하다. 사람과 섞여 살면서 말썽 부리고 소동 피우는 동물들이야 사랑스럽지만, 동물을 데려와 살면서 분풀이하고 해를 끼치는 인간들은 증오할 만하다.

생각해보면 인간은 다른 종들에게 늘 폭력적이었다. 거대한 구조적 폭력과 잔혹한 개인적 폭력의 차이가 있을 뿐. 아무리 생각해도 인간이 다른 동물들과 딴판으로 진화한 건 지구상에서 일어난 일 중 가장 큰 비극이었다. 적어도 500만 년 전 유인원으로부터 떨어져 나오는 실수를 범해서는 안 됐었다. 어떤 한 종이 두 다리로 땅을 딛고 일어서기 위해 길고 지난한 진화 과정을 겪었다고 해서, 그것이 다른 동물들보다 우월하다거나 그들을 지배해도 되는 권리를 얻은 건 아니다. 자신을 버리고 떠난 인간을 길바닥에서 1년, 3년, 심지어 10년간 이나 기다리는 개들의 이야기는 인간이 가장 '인간적'이지 않은 종이라는 사실을 역설적으로 보여준다.

동시대의 개들

어린 시절 우리집에 온 예삐와 뽀삐, 검둥이와 뭉치가 아니더라도 내 기억 속 개들과 내가 알고 있는 개들은 얼마든지 있다. 그들 중에는 이미 이 땅에 작별을 고한 개들도 있을 것이고, 내가 그들을 만났던 바로 그곳에서 여전히 자신의 생을 견디고 버티고 갈망하고 구가하는 개들도 물론 있을 것이다.

한번쯤 다시 그들을 만나고 싶다. 그리고 하나하나 호명해주고 싶다. 자신의 생애를 나와 함께 살았던, 지금 이 시간을 살고 있는, 그러니까 우리와 동시대의 개들. 애정 어린 호명의 한 방식으로 나는 그들에 대해 기억하고, 쓴다.

안녕, 경주 남산 보디가드

내 나이 삼십대 초반, 혼자 경주를 여행하다가 아침나절에 남산에 오른 적이 있다. 겨울이 다 가기 전이었고 봄이 다 오기 전이었으니 인적이 많지 않은 이월 말쯤이었나? 혼자 산 정상까지 올라갈 용기는 없고, 칠불암 마애석불만 보고 오리라 했다.

초행길, 작은 배낭 하나 메고 쉬엄쉬엄 두리번두리번 오르는데 산길에서 커다란 흰 개 한 마리를 만났다. 아랫마을 개려니 했다. 마당에 매이지 않은 시골 개들이야 산으로 들로 쏘다니는 게 일상이니까. 산에서 마주친 등산객들이 서로 인사를 나누는 것처럼 잠깐 알은척을 해주었을 뿐인데 녀석이 나를 따라왔다. 잠깐 그러다 말겠지. 잠시 후 돌아봤을 땐 정말 보이지 않았다. 5분쯤 지나 녀석이 다시 나타났다. 아예 내 뒤를 따라 걸었다. 어라, 먹을 거라도 있는 줄 아는 건가? 녀석에게 사실대로 말해주었다. 먹을 거라곤 아무것도 없어. 나도 아직 아침도 못 먹었는걸.

말을 알아들었는지 녀석은 나를 지나쳐 숲 속으로 훌쩍 뛰어갔다. 먹을 것을 찾아 나온 걸까? 녀석을 잊고 산길을 걷는데 녀석은 어느새 몇 발자국 앞에 서서 나를 바라보며 서있었다. 아직 안 간 거야? 먹을 건 없다니까. 증명이라도 하듯 두 손을 활짝 펼쳐 보였다. 녀석의 헛수고를 덜어 줄 생각에서였다. 빈손을 본 녀석이 발길을 돌려 이번엔 정말 가버렸나 싶더니, 잠시 후 다시 내 앞에 서 있었다.

나는 더 이상 녀석을 보내려고 하지 않았다. 앞서거니 뒤서거니 걸었다. 아무래도 녀석이 나와 함께 걷고 싶은 것 같았다. 아니, 나를 안내하고 있는 것 같았다. 앞서 걷다가 멈춰서 기다리고 내가 따라가면 또 잠시 옆길로 샜다가 어느새 다시 내 앞에서 걷고 있었다. 칠불암까지 우리는 그렇게 함께 올랐다.

칠불암 마당에 들어섰을 때 흰 개는 이제 할 일을 마쳤다는 듯 훌쩍 멀어졌다. 혹시 이곳 개인가 궁금했지만 절집에도 인적이 없어 누구에게도 묻지 못했다. 바위 속 일곱 부처님도 그런 것까지 일일이 가르쳐주진 않으셨다.

암자 주변을 천천히 둘러보고 쪽마루, 돌계단에도 한참 앉았다가 산을 내려오는데, 다시 녀석을 만났다. 너 설마 날 기다린 거야? 녀석은 말없이 앞서 걸었다. 산을 다 내려왔을 땐 이 개가 나를 인도하며 걸었다는 걸 의심하지 않게 되었다. 그로부터 몇 년이나 더 지나, 손님들을 안내하는 관광지의 영특한 개들 이야기를 TV에서 보고 들었지만, 당시에는 그런 생각을 하지 못했다. 더구나 이 녀석은 안내견이라기보다는 든든한 보디가드 같았다. 진중하고 믿음직했다. 길에서 만난 수많은 개들 중에서도 특히 경주 남산 흰 개를 잊지 못하는 건 그때 녀석이 내게 보여준 특별한 태도 때문이다.

녀석은 산 아랫마을 초입에서 내가 손을 흔들어 작별을 고할 때까지 함께 걸었다. 그때까지도 나는 그에게 아무런 보상을 해준 것이 없었다. 비스킷이라도 배낭에 넣어올 걸. 아쉽긴 했지만 그 친구가 먹을 것을 바라고 호의를 베푼 건 아니라는 걸 분명히 알 수 있었다. 내가 몇 번이나 이제 그만 가라고 손짓을 했는데도 개는 나를 따라왔다. 산에서 의젓하게 나를 인도하던 모습과는 달리 마을에서는 오히려 주인을 따라오는 반려견 같았다. 녀석은 집이 없는 걸까? 나를 가족으로 선택하고 싶었던 걸까?

둘의 이별 순간이 길어지고 있을 때, 비슷한 덩치의 개 한 마리가 어디서 얻은 것인지 큼지막한 뼈를 물고 나타났다. 동네 개 두어 마리가 뒤따라오고 있었다. 개들은 흰 개를 향해 신호를 보냈다. "너도 같이 먹을래?"라고 말하는 것 같았다. 그 신호에 내 보디가드의 눈빛이 흔들렸다.

녀석은 동네 개들을 돌아보았다. 그리고 다시 내 쪽으로 얼굴을 돌렸다. 녀석의 몸 방향이 아직도 나를 향하고 있었다. 나는 한 손을 들어 "이제 그만 친구들에게 가."라고 손짓을 해주었다. 그의 표정에선 주저하는 기색이 역력했다. 먹을 것을 앞에 두고도! 그리고 마침내 결심했다. 나를 한 번 쳐다보고는 몸을 돌려 동네 개들 쪽으로 뛰어갔던 것이다. 망설임, 결심, 단호한 움직임. 그것이 개의 눈빛과 태도라는 것이 놀라웠다.

경주 남산 흰 개. 그 개는 과거의 언젠가 한 번은 나를 만났던 적이 있었을 것이다. 그 언젠가가 전생일 수도 있을 것 같았다.

고비사막 검둥이는 지금쯤

소년은 다 큰 검둥개나 어린 양 한 마리를 데리고 게르(*몽골의 이동식 집) 안에서 뒹굴뒹굴 놀고 있었을 거야. 바쁘게 다녀와야 할 심부름도 없고 해야 할 숙제도 없었을 거야. 게르 밖에 나가면 사방이 넓디넓은 황야. 딱 세 걸음만 걸어서 바지춤 내리고 오후의 오줌 한 번 시원하게 누고 있을 때, 낯선 차가 빵빵 경적을 울리며 다가왔던 거야. 먼지를 뒤집어 쓴 차 안에는 처음 보는 이방인들이 타고 있었지. 젊은 운전사와 배가 뚱뚱한 몽골 아저씨가 어른들을 붙잡고 길을 물었겠지.

"가도 가도 마을이 보이지 않아요. 어느 쪽으로 가야 하나요?"

오랜만에 외지인들을 본 소년은 호기심 가득한 눈으로 우리가 탄 차를 향해 달려오고, 그보다 어린 동생은 저만치 서서 슬금슬금 눈길만 주었지. 한여름 오후, 어른들에게도 이런 심심파적은 오랜만의 일이었을 거야.

"저기 저 쪽으로요. 한참을 가야 할 거예요."

팔로 길을 만들기라도 할 것처럼 오른팔을 쭉 뻗으며 게르의 어머니는 한쪽 방향을 가리켰어. 그 '한참'이 몇 시간 동안인지 어느 정도의 거리인지, 길을 물은 이도 길을 알려준 이도 정확하게 아는 이는 없었을 거야. 덜덜덜 낡은 시동을 켜고 외지인들을 태운 차는 출발하고, 기지개를 다 켠 검둥이는 다시 느릿느릿 게르 주위를 어슬렁거렸겠지. 사람이 사는 집들도, 지나는 사람들도 드문 저 오래된 황야.

차 안에 탄 이들이 제대로 길을 찾았는지, 목적지에 도착한 이후 그들은 또 어디로 향했는지, 황야를 건너기 위해 그들이 몇 번이나 더 길을 물었는지, 그러다 소나기 끝에 무지개를 만나기는 했는지, 비밀처럼 아무도 알지 못했을 거야.

PT 준비하다가 아이디어도 더 이상 안 떠오르고 피곤하고 졸리기만 한 늦은 오후엔 자꾸 딴 생각이 들었다. 자다 일어난 보리와 똑같은 포즈로 길게 허리를 늘려 기지개를 켜던 순간, 그 모습 그대로 내 사진 속에 남은 몽골 고비사막의 검둥이와 소년은 지금쯤 무얼 하고 있을까?

견성(見成)과 견성(犬性)

요즘은 절집 마당에서 '걷기 수행' 중인 개나 고양이를 자주 목격한다. 반려동물 천만 시대라더니, 스님들이 적막한 절집 생활을 위로 삼으려 데려다 놓은 것인지, 인근 동네에 유기동물들이 늘어서 자비심으로 거두는 것인지 모르겠다.

경기도 안성에는 아름다운 절이 여럿 있어 오고가는 길에 한 번씩 들르곤 한다. 안성 칠장사에는 검둥이 '지장'과 그보다 두 살 어린 흰둥이 '비로'가 산다. 둘 다 중국개 차우차우다. 덩치가 곰만 한 지장이 내게 와서 슬쩍 몸을 부빈다. 덩치 큰 고양이처럼. 꽤 무더운 유월이었다. 개들과 나는 앞서거니 뒤서거니 나한전, 삼신각 쪽으로 올랐다. 비로는 나한전 앞 식수대에서 벌컥벌컥 물을 들이켰다. 그것으로도 모자라 기어이 물속으로 풍덩. 길고 덥수룩한 털을 자르지 않아서 여름내 덥겠구나. 몸이 우람하고 육중한 칠장사 보살견들.

안성의 또 다른 절 석남사에는 고양이도 있고 개들도 있다. 호젓한 대웅전 벽화 아래 '냥이보살'은 혼자 소 찾으러 집 나선 동자 놀이를 하고 논다. '우주는 한 집안 중생은 한 가족'이라는 주련이 붙은 종무소 앞에는 얼굴이 길쭉하고 잘 생긴 콜리들이 모여 봄볕을 쬐고 있다. 개들은 절집을 찾은 사람들에게 경계심이 없어 처음 보는 사람도 잘 따랐다. 커다란 개들이 절집 앞마당을 겅중겅중 뛰어다니다가 서운산 숲으로 기운차게 내달리는 걸 보고 있으려니, 저들의 생도 세속의 계절도 어엿한 봄날이구나 싶었다.

옛날 옛적 당나라 조주 선사(禪師)는 "개에게도 불성이 있습니까?"라는 질문에 "무(無)"라고 대답했다고 한다. 곧이곧대로 언어에 매달리는 속인들은 개에게는 불성이 없구나 생각했을 것이다. 혹은 선사의 말에 의구심을 품고 다시 또 질문을 해댔을 것이다. "삼라만상에 다 불성이 있다고 해놓고 이제 와서 그렇게 말씀하시면 우린 어쩝니까?"

속인들과 달리 천진난만한 지장과 비로와 콜리 가족들은 그 답의 의미를 단박에 깨우쳤을 거다. 그러니 사람들이 견성(見成)을 하겠노라 선방에 들어앉아 조주 선사의 '구자무불성(狗子無佛性)'을 화두삼아 졸다 깨다 할 때, 절집의 개들은 있는 그대로의 견성(犬性)으로 한 생애를 신나게 뛰놀고 있는 것 아니겠는가.

어슬렁 장곡사 망고

칠갑산 아래 장곡사는 내가 좋아하는 절집 중 하나다. 다 가지 않은 겨울, 마른 땅을 뚫고 깨알 같은 봄꽃 올라오는 절집 마당에 들어섰더니, 스님 걸음의 절집 고양이 한 마리가 어슬렁어슬렁 뒤를 따라온다. 3년 전에도 장곡사에 왔을 때 커다란 절집 고양이가 있었지. 문득 생각이 나서 돌아보니 기척도 없이 사라지고 없다.

하대웅전 지나고 상대웅전 올라 명부전 지나고 산신각까지 절집 한 바퀴 둘러보고 다시 하대웅전 법당에 들어가 앉았을 때다. 때마침 법당 안으로 그림자 하나 등장하신다. 그때도 살집이 좋더니 몇 년 만에 뱃살이 더 늘었구나. 능청도 늘고. 그 우람한 몸집으로 내 무릎 위에 엉금 기어오른다. "너 오랜만에 왔구나." 하는 표정이다. 내 허벅지에 부비부비 몸을 비벼대고는 아예 법당에 드러누웠다.

햇빛 반 그늘 반. 고양이 망고의 기지개에 하대웅전 약사보살님도 가부좌한 발바닥이 간지러웠을 그 이른 봄날. 그 봄날의 망고 선사(禪師)를 내년 봄에도 다시 만날 수 있기를.

영광 흰둥이들과 사랑이

포구 앞 3층짜리 오래된 아파트 입구에서 아이들의 웃음소리가 들렸다. 아이들은 하나씩 자전거를 타고 돌아왔다. 저녁을 먹으러 집으로 들어갈 시간이다. 노란 칠이 다 벗겨져 거뭇거뭇해진 아파트 앞에 노란 가로등이 켜졌다. 가랑비가 살살 흩뿌렸다. 그 풍경이 아름다워서 한참을 서서 셔터를 누르고 있다가, 커다란 흰둥이 두 마리가 내 등 뒤에 붙어 서서 나를 빤히 바라보고 있는 걸 알았다. 어머, 깜짝이야. 낯선 사람을 경계하는 건지 반기는 건지 알 수 없는 표정이었다. 너희들 꼼짝 않고 그러고 있으니 무섭다, 얘들아. 내가 먼저 말을 건넸다.

몇 년 전 친구와 인도 여행을 할 때 시골마을 오르차(Orcha)의 아침이 생각났다. 길거리 짜이 가게에서 주인 남자와 한참 이야기하다가 문득 뒤돌아보니, 머리에 반지르르 기름칠을 하고 옷을 말끔히 입고 나온 청년 세 명이 등 뒤에서 우리를 뚫어져라 쳐다보고 있었다. 흰둥이 두 마리는 딱 그런 모습이었다.

아파트 3층에서 단발머리 여자아이가 베란다 창밖으로 고개를 내밀고 큰 목소리로 말을 걸었다.

"걔네들 착한 애들이에요. 매일 둘이 같이 다니는데, 물지 않아요."

"그래? 착한 애들이구나. 정말 물지 않는 거지?"

"네. 그런데 쓰다듬어 주면 계속 따라다녀요."

"아, 그래? 그럼 쓰다듬어 주면 안 되겠구나."

베란다 소녀는 계속 큰 소리로 말을 건넸다.

"저희 집에도 강아지 있어요. 이름이 사랑이에요."
"사랑이? 예쁜 이름이네."

소녀가 내게 보여주려고 하얀 강아지를 안아 올렸다.

"어디가 아픈 거니? 넥 칼라를 씌웠네."
"조금 다쳤어요."
"넌 이 동네 사니까 매일 바다도 보고 좋겠다. 여기 사는 거 좋아?"
"네, 좋아요. 하지만 학교 가는 건 싫어요."

비는 멈출 듯 멈추지 않았다. 이야기를 끝내고 소녀와 사랑이에게 손을 흔들어 주는 동안 사람들에게 사랑받고 싶은 포구의 착한 흰둥이들은 쓰다듬어 주지 않는 사람을 뒤로 하고 어디론가 가버려 더는 보이지 않았다. 머리라도 한 번씩 쓰다듬어 줄 걸.

전라남도 영광 포구가 가까워지면 친절한 단발머리 소녀와 다친 사랑이와 그때 그 흰둥이들과 이방의 여행객이 궁금한 오르차의 세 청년이 한꺼번에 떠오른다. 다들 잘 있겠지?

군산 임피면 세 추장님들

군산 시내에서 16킬로미터쯤 떨어진 곳에 임피면이 있다. 소설가 채만식은 이곳에서 나서 이곳에서 머지않은 곳에서 생을 마쳤다. 채만식문학관은 군산역 기찻길 따라 금강(錦江)과 만나는 곳에 있지만, 그의 이름을 가진 작은 도서관은 고향인 임피면에 있다.

2월 중순 어느 월요일이었다. 점심시간이 조금 지난 시간에 나는 그 도서관에 갔다. 군산 여행 중의 일이다. 여직원 한 명이 열람실에 히터를 틀어주었다. 낡은 책상 위에 책들이 높게 쌓여있는 열람실에는 나 말고는 아무도 없었다. 어두침침한 서가에 오래된 책 냄새와 아직 다 가지 않은 겨울 냄새가 났다. 나는 채만식의 책을 찾아 들고 햇살이 비치는 창문 앞 컴퓨터 책상에 자리를 잡고 앉았다. 참 오랜만에 '레디메이디 인생'을 읽었다. 채만식은 군산을 배경으로 그의 대표작인 『탁류(濁流)』를 썼다. 그는 한국전쟁이 일어나기 며칠 전에 세상을 떠났다. 여름이 오면 사람들이 많지 않은 이곳 도서관 창문 앞자리를 차지하고, 1층 문학 서가를 마음껏 뒤져 채만식의 소설을 모두 꺼내 읽었으면.

책을 읽다 슬그머니 하품이 나서 이번엔 마실가는 동네아낙의 발걸음으로 설렁설렁 마을길을 돌았다. 마을 사람들은 한 명도 보이지 않았다. 대신 어디선가 검둥이 한 마리가 나타나 내 앞 5미터쯤 되는 곳에 자리를 잡고 앉았다. 짖지도 않고.

안녕? 나는 그 자리에 서서 검둥이를 마주보고 먼저 인사를 건넸다. 남의 마을을 방문한 자가 먼저 인사를 하는 것이 예의니까. 다가올 생각도 물러날 생각도 없이 녀석은 나를 빤히 바라보고 앉았다. 외지인이 여긴 웬일이신가, 하는 표정. 조금 있다 고만고만한 흰둥이 한 마리가 나타났다. 검둥이 옆 조금 떨어진 곳에 앉아 나를 쳐다본다. 어, 안녕? 내가 또 인사를 했다. 흰둥이도 짖을 생각도 더 다가올 생각도 없어 보였다. 내가 한 발 더 다가갈까 했더니, 마을 안쪽에서 또 한 마리가 온다. 이번엔 누렁이다. 검둥이 흰둥이 옆에 또 나란히 앉는다. 아하, 너도 안녕? 졸지에 나는 검둥이 흰둥이 누렁이 세 마리와 마주보고 서있게 됐다.

마을에 들어가려면 추장 어른께 먼저 허락을 받아야 하는 소수민족 부락 앞에 서있는 느낌이다. 그렇다면 나도 더욱 예의를 갖춰야지. 검둥이 흰둥이 누렁이에게 마을을 돌아봐도 될는지 허락을 받을 셈으로 몸을 낮춰 앉는다. 저기, 조용히 사진만 몇 장 좀 찍어도 되겠지? 점잖고 말수 없는 세 추장님들은 눈빛으로 허락의 표시를 하시었다. 아, 감사! 추장어른들이 먼저 악수를 청하며 다가오기 전에는 그들에게 먼저 다가가는 것은 예의가 아니므로, 나는 이 내성적인 추장님들께 인사를 고하고 일어섰다.

여행이 뭐 별 건가? 이렇게 느릿느릿, 여행객들은 아무도 들르지 않는 도서관에 들어가 책을 읽고 동네 개들, 고양이들 따라 길 한가운데 쭈그리고 앉았다 가는 것. 내가 좋아하는 풍경을 찾아 내가 아끼는 나만의 자리와 기억을 만들어가는 것.

이 조용한 마을에도 곧 수런수런 봄이 올 것이다. 마을을 내려다보고 선 임피향교 마당의 늙은 배롱나무, 커다란 은행나무들로부터 연못 앞 500년 된 수양버들에 이르기까지 간질간질 새순이 돋고, 마을 안 군산 대성중학교 아이들 혈기방장한 고함소리는 더 커지겠지. 마을사람들 대신 검둥이 흰둥이 누렁이 차례로 나타나 낯선 이를 조용히 응대하던 임피면 읍내리. 뜨거운 여름이 오면 다시 찾아가 보고 싶었다. 그때는 세 추장님들께 바칠 간식이라도 좀 들고.

그리운 바이칼의 바이칼

시베리아 횡단열차를 타고 러시아를 여행할 때도 나는 아주 특별한 친구를 만났다. 이르쿠츠크에서 기차를 내려 버스와 배를 오래 타고 바이칼 호수에 갔다. 바이칼에서의 첫날, 아침을 먹고 슬슬 섬 구경을 하러 나갔다. 늦가을이어서 여행객이 붐비지는 않았다. 바이칼에서 가장 유명한 부르한 바위를 보고 한참 걷다 보니 언덕 위에 '바이칼

뷰 카페'라는 간판이 눈에 들어왔다. 따뜻한 차 한 잔이 생각났다.

녀석을 만난 건 카페가 문을 열지 않았다는 걸 알게 된 뒤였다. 간판부터 달아놓고 아직 공사 중인 건지 성수기가 지나 문을 닫은 건지 알 수 없었다. 나는 주변을 탐색해 보려고 슬슬 카페 뒤쪽으로 걸음을 옮겼다. 건축자재들을 쌓아두기 위한 곳인지 인부들이 쉬기 위한 곳인지 작은 가건물이 하나 세워져 있었다. 무심히 지나쳐 가려는데, 무슨 소리가 들렸다. 처음엔 고양이였고 나중엔 강아지 소리였다.

건물 안엔 아무도 없었다. 이곳에 누군가 살았던 것일까? 카페를 짓던 인부들이 잠시 머물렀다 떠난 것일지도 몰랐다. 버려진 도구들, 정리되지 않은 공사 흔적들이 아무렇게나 널려 있었다. 나를 발견한 고양이는 등을 잔뜩 구부린 채 유리창도 없는 창문을 넘어 훌쩍 건물 안으로 들어가 버렸다. 고양이가 들어간 곳 옆에는 문이 열린 나무 창고가 하나 있었다. 그곳에서 다시 소리가 들렸다. 들여다보니, 조그만 개 한 마리가 쇠사슬에 묶여 있다. 들락날락 하며 얼마나 애를 썼는지 바닥에 쌓인 나무판자 몇 개에 사슬이 휘감겨 녀석은 꼼짝달싹 못하는 처지가 되어 있었다. 나무판자를 들어내 녀석의 행동반경을 늘려 주었다. 얼마나 오래 이러고 있었던 거니? 고양이와 둘이만 있었던 거야?

다시 나타난 고양이가 드문드문 울어댔다. 낯선 침입자를 경계하는 걸까? 배가 고픈 걸까? 저만치 바이칼 호수는 고요하기만 했다. 내년 여름이면 바이칼 뷰 카페는 도시의 카페처럼 우뚝 서서 세계 도처에서 온 손님들을 맞느라 분주할 것이다. 사람들은 그냥 맨땅 위에 서서는 '뷰'를 오래 감상하지 않는 법이니까. 일 년이 지나고 이 년이 지나고 삼 년쯤 지나면 이곳 알혼섬에도 제법 큰 호텔이나 반짝이는 레스토랑 같은 것들이 많이도 들어서겠지. 이 언덕 위에 근사한 카페와 호텔들이 몇 개나 세워져, 누구에게나 공평하게 탁 트였던 '뷰'를 서로 차지하느라 경쟁하는 날이 그리 멀지 않을 것이다. 지금도 후지르 마을에는 새 건물을 올리는 집들이 스무 채가 넘었다.

그런저런 생각을 하고 서있는데, 녀석이 땅 위에 앉아 가만히 나를 올려다보고 있었다. 저 눈빛, 어쩐지 애처롭구나. 녀석이 묶여 있던 문 안쪽을 둘러보았다. 밥그릇이 보이지 않았다. 물그릇도. 주인은 어디로 간 거야? 언제 떠난 거니? 하루에 한 번, 혹은 이틀에 한 번쯤은 너를 들여다보기는 하는 거야? 블라디보스토크에서 이르쿠츠크까지 오는 동안 길거리에서 만났던 러시아 개들은 겉으로 무뚝뚝한 러시아 사람들을 대신하려는 듯 낯선 이들에게 하나같이 싹싹하고 친절했다. 녀석은 자꾸만 내게 손을 내밀었다. 생수라도 들고 올 걸. 지금 내 가방에는 달랑 카메라뿐인데. 나는 조금 후회가 돼서 녀석의 머리와 등짝을 몇 번이고 쓸어주었다.

……그러려고 했던 것은 아니었다. 이 섬을 돌아보려면 나도 더 이상 여기서 지체하면 안 되는데, 아직 어려 보이는 녀석이 가려는 나를 보고 캥캥캥 짖어댔기 때문이다. 응? 어쩌라고? 그건 안 돼. 너랑

놀아줄 시간이 없다니까. 친구들이 나를 기다리고 있어. 나는 녀석에게 여러 번 말했지만, 녀석이, 아, 이 어린 녀석이 돌아선 내 등 뒤에다 대고 연신 말을 걸어왔던 거다. 아, 어쩌라고? 나는 일부러 단호하게 성큼성큼 다섯 발걸음이나 앞으로 나아갔다가, 결국 녀석에게 되돌아왔다. 밥을 언제 먹은 거니? 집을 다시 찾아올 수 있는 거지, 너?

그렇게 나는 남의 집 개를, 풀어줘 버렸다. 혹시 몰라서 주인이 있는 개라는 것을 확실히 해두기 위해, 또 행여 녀석이 아무 곳으로나 내달리다 잡히지도 않고 영영 길을 잃을까봐, 녀석의 목 쪽에서 사슬줄을 풀지 않고 문 쪽에 매어있던 매듭을 풀어 주었다. 그 바람에 녀석은 긴 줄을 끌고 달렸다. 그래도 아무 상관없다는 듯, 날아갈 듯 달렸다. 너, 얼마나 오랜만에 달려보는 거야?

녀석은 로켓처럼 달려 나갔다가 너무 멀어지지 않은 곳에 멈춰 서서 뒤를 돌아보았다. 그리고 귀환하는 로켓처럼 내게 다시 달려왔다. 그렇게 십 분을, 또 이십 분을 녀석은 달리고 내게 돌아오고 내 옆에서 어슬렁거렸다. 그리고 마침내 녀석과 나는 같이 달렸다. 아아, 참. 바이칼이 보이는 알혼의 언덕을 느닷없이 개와 함께 달리다니.

그래, 누렁아, 네 이름은 '바이칼'이라고 부르는 게 좋겠구나. 시베리아 호랑이처럼 얼굴과 등짝에 검은 얼룩무늬들이 있으니, 너는 천생 바이칼의 자손이로구나. 바이칼 호수를 등 뒤에 두고 이제 막 '풍요로운 호수'라는 뜻의 이름을 얻은 누런 강아지와 나는 언덕을 달렸다. 바람이 시원했다. 하지만 나는 금방 숨이 차서 큰소리로 바이칼을 부르며 앞서거니 뒤서거니 걸었다.

마을이 내려다보이는 곳에서 바이칼이 멈춰 섰다. 그리고 엉덩이를 땅에 붙이고 앉았다. 마을을 향해. 한참 동안이나 움직이지도 않고. 뭐지, 이 녀석. 갑자기 이 엄숙하고도 쓸쓸한 태도는? 짐승의 뒷모습도 참 사람처럼 쓸쓸하구나. 무슨 생각을 하는 걸까? 어미개가 저 마을에 있는 걸까? 나는 새로 사귄 친구의 머릿속을 알아챌 수 없어서 바이칼이 스스로 일어나 다시 달릴 때까지 함께 마을을 내려다보았다.

바이칼과 나는 꽤 오래 함께 있었다. 1시간이 넘었다. 언덕을 내려와 마을에 들어섰을 때도 녀석은 나를 따라왔다. 마을에서 나는 친구들을 만났다. 친구들이 갖고 있던 비스킷과 물을 조금 주었더니, 바이칼은 허겁지겁 먹어치웠다. 그동안 아무것도 먹지 못했던 건가? 단숨에 비스킷을 몇 조각이나 먹어버렸다. 갑자기 너무 많이 먹는 건 좋지 않을 것 같아서 먹을 것이 든 손을 뒤로 숨겼다. 그러지 않았다면 과자 한 통을 다 먹어치울 기세였다.

나중에는 녀석이 걱정됐다. 친구들과 나는 점심을 먹을 만한 음식점을 찾았는데, 녀석은 그때까지도 돌아갈 생각을 하지 않았다. 바이칼을 어쩌지? 음식점 앞에서 잠시 고민을 했다. 그때 마침 한 무리의 마을 사람들이 지나갔다. 그들을 붙잡고 마을에서 바이칼의 주인을 찾아줄 수 있을지 물었다. 물론 언덕 위에서 내가 그의 목줄을 풀어줬다는 말은 하지 않았다. 그들은 흔쾌히 그러겠노라 했다. 계속 나를 따라올 것 같던 바이칼도 망설이는 기색 없이 그들을 따라갔다. 뜻밖에 녀석은 뒤도 돌아보지 않고 갔다. 러시아 개는 한국 개들보다 냉정한 편이구나. 칫. 그래도 잘 가라, 바이칼.

늦가을에 떠났다가 첫눈을 보고 돌아온 그해 러시아 여행. 바이칼의 알혼섬을 떠올릴 때면 늘 함께 떠오르는 개 한 마리가 생겼다.

추운 가슴

어려서부터 동식물을 좋아하기도 했지만, 보리와 함께 살게 된 이후로 동물들에 대한 관심이 더욱 늘었다. 아이를 낳은 엄마들이 세상의 모든 아이들 이야기에 관심을 갖게 되는 것과 같은 이치일 것이다. 동물들에 대한 관심이 늘자 심심치 않게 들려오는 동물학대 뉴스는 차마 볼 수 없게 되었다. 국내외 도처에서 여전히 학대받는 사람들의 이야기도 참혹하지만, 말 못하는 짐승에게 일상적으로 가해지는 사람들의 학대는 세 살배기 어린이들에 대한 학대와도 같은 것이어서, 무뢰한들과 같은 종의 인간이라는 것이 끔찍하고 진저리쳐졌다.

하지만 알게 모르게 나 역시 동물학대의 소극적 가담자였다는 것을 미처 깨닫지 못하고 있었다. 겨울이 되면 으레 색깔 고운 앙고라

스웨터 하나, 가벼우면서도 따스한 구스다운 패딩 하나 새로 사야지 하던 나. 적당한 것을 찾고 있던 어느 겨울, 인터넷에 올라온 동영상을 우연히 보고 말았다. 앙고라와 구스다운이 어떻게 만들어지고 있는지를 눈으로 보고 만 거다. 한두 겹 더 겹쳐 입고 느슨한 솜 패딩으로 겨울을 난다한들 저 피범벅 된 가슴털로 내 몸 덥히는 일은 차마 못할 일이었다. 가죽옷에 이어 앙고라, 구스다운, 온갖 모피류의 옷은 사지 않겠다고 마음먹은 것은 반려동물을 키우는 이들이 가져야 할 당연한 마음일지도.

그러나 고백하자면 바이칼에 다녀온 그해 겨울, 다시 러시아 여행을 준비하면서 나는 끝내 가죽재킷과 구스다운 패딩을 하나씩 사고 말았다. 모자에 달린 털은 무슨 동물의 털이라고 했던가? 시베리아 강추위 앞에서 내 다짐은 깃털처럼 가볍게 무너져 내렸고, 모스크바 여인들의 두툼한 모피 모자가 탐나기도 했다. 보리야, 그 겨울 나의 쇼핑을 부디 눈감아 다오. 나는 아직 멀었다.

그렇게까지는

먹는 것에도 조금쯤 변화가 생겼다. 30대 중반까지 산낙지를 잘도 먹었다. 어느 저녁에도 친구들과 술을 마시며 안주 삼아 산낙지를 시켜 먹었다. 잘라놓아도 꿈틀꿈틀한 그것들을 싱싱하다고 신나게 먹고 난 다음날 아침, 이상하게도 마음이 좋지 않았다. 숙취가 있었던 건 아니다. 먹은 게 탈이 났던 것도 아니다. 그런데도 어젯밤에 먹은 산낙지가 종일 마음에 걸렸다. 그 이후 산낙지를 먹지 못하겠다.

싱싱하고 푸짐한 해물탕을 먹겠다고 팔팔 끓는 물에 투하한 산낙지가 투명한 뚜껑 안에서 발버둥치다 멈추는 것을 보지 못하겠다. 새우를 좋아하긴 하지만, 바닷가에서 산 생새우를 뜨겁게 달군 소금팬 위에 쏟아놓을 때 일제히 파닥거리며 뛰어오르다 일순간에 멈추는 소리를 듣는 게 불편해졌다. 좁은 수족관이나 그보다 더 좁은 고무대야 안일지언정 살아있다고 팔딱거리다가 바로 다음 순간 칼 맞고 죽는 횟감 같은 것들을, 회로 떠지면서도 바들거리는 그 살들을 전혀 안 먹을 자신은 없지만, '그렇게까지' 싱싱함을 전시하며 먹어야 할 필요는 없다는 생각이 들었다.

'인간의 삶에서 가장 커다란 위험은 인간이 먹는 모든 것에 영혼이 있다는 사실이다.' 북극의 나이든 주술사가 그린란드 탐험가이자 인류학자에게 했다는 이 말이 산낙지 앞에서 자꾸 떠올랐다. 주술사의 말이 맞았다. 동물을 사랑한다는 이유로 우리가 모두 채식을 해야 할 필요는 없으나, 동물을 사랑하지 않는다 해도 우리가 먹어치울 영혼 앞에서 최소한의 예의가 필요한 것이다. 키우는 자들이, 잡는 자들이, 유통업자가, 사업가가, 요리사가, 정부가, 방송이, 시청자가, 그리고 먹는 자들이 모두. 나는 '그렇게까지' 먹지는 않으련다.

닭들의 첫 외출

막 해지기 전, 고속도로 타고 집으로 돌아오는데 옆 차선에 화물트럭 세 대가 흰 닭들을 잔뜩 싣고 간다. 유난히 도로 공사가 많은 구간이라 차들이 시속 30킬로미터 이하로 슬슬 기는데, 화물트럭들에 자꾸 눈이 갔다. 말 그대로 하자면 '닭장차'. 수백 마리, 아니 수천 마리는 되겠다.

창살 사이로 깃털이 뭉실뭉실 삐어져 나와 저녁 바람에 나부낀다. 붉은 벼슬의 닭들이 세상 구경을 하느라 어떤 놈은 주둥이를 내밀고 어떤 놈은 아예 머리를 내밀고 있다. 뒤에서 울리는 경적에 그렇지 않아도 밖으로 목만 뺀 닭들이 일제히 움찔, 목을 더욱 길게 잡아 뺀다. 그 모습이 고장난 장난감 속에서 여기저기 제멋대로 튀어나온 스프링 같다. 다시 보니, 쇠사슬에 묶여 노예선 갑판 밑 어두운 선실에 일렬로 누운 채 몇 달이나 걸려 유럽으로 수송되었다는 흑인노예들 같다. 어디서 실려 어디로 가고 있는 걸까?

이 수많은 닭들은 생애 처음 고속도로를 달리며 세상 구경을 하고 있는 건 아닌가? 알에서 부화된 지 얼마나 됐는지 모르지만, 비좁은 사육장에서 나와 저렇게 온전히 바람의 속도를 느껴보는 건 처음일 거다. 어쩌면 마지막 세상 구경일 거다. 그 바람 속에 닭들은 순간이나마 자유를 느꼈을까, 아니면 본능적으로 죽음을 직감하며 벗어날 수 없는 구속을 느꼈을까? 멀어지는 화물트럭을 보며 마음이 무거워졌다. 한동안은 닭고기를 먹고 싶지 않았다.

미안해, 통키

학명 'Ursus maritimus'. 라틴어로 '바다 위의 곰'이라는 뜻이다. 수년 전 조카들과 함께 용인 에버랜드에 갔을 때 두 마리의 북극곰을 봤다. 하필 여름날이어서, 멀리서 보아도 그들은 지쳐 보였다. 희고 긴 얼굴이 울적했다. 바다 위에 살던 북극곰들이 인공의 물웅덩이에, 그것도 차츰 아열대로 바뀌어가는 중위도 온대의 나라에서 여름을 나는 것은 얼마나 고단한 일일까? 혹독한 계절이란 바로 이런 것이구나 싶었다.

나는 곧 그들을 잊었다. 더 이상 동물원에 가지 않았으므로. 그들에 관한 뉴스를 들은 건 2018년 여름이다. 그때 내가 본 두 마리 북극곰 중 한 마리는 밍키'였'다. 다른 한 마리 이름은 통키다. 밍키는 2015년에 죽었다. 그러니까 우리나라에 북극곰은 오직 한 마리만 남아 있었던 거다. 그는 혼자 남아서 자폐증을 앓았다. 내가 들은 뉴스는 통키가 머지않아 북극곰이 살기에 조금 더 나은 영국의 야생공원으로 보내진다는 소식이었다. 24살 통키. 우리나라 동물원에서 태어나 평생 좁은 우리에 갇혀 살던 북극곰. 사람 나이로 치면 70대 노년.

이 뉴스를 듣는데, 동물원에 갇힌 모든 동물들에게 미안해졌다. 인간이라 불리는 우리들에게 그들을 감금하고 관람할 권리는 애초에 없었던 건데. 나라 안의 동물원을 모두 없애겠다고 발표한 중남미 코스타리카 사람들을 만나고 싶어졌다. 군대가 없어도 그들이 충분히 평화로울 수 있는 것처럼, 동물원을 없애도 충분히 자연을 배우고 자연과 함께 행복할 수 있다고 믿는 그들을 배우고 싶어졌다.

2018년 10월, 나는 다시 북극곰 통키에 관한 뉴스를 들었다. 영국 이주를 한 달 앞두고 그가 실내 방사장에서 숨진 채 발견되었다는 뉴스였다. 아, '론섬 조지(Lonesome George)'라는 이름으로 불렸던 갈라파고스 핀타 섬의 코끼리거북이 죽었다는 소식을 들었을 때와 비슷한 느낌이 들었다. 1971년 인간에게 발견된 뒤 2012년까지 지구에서 약 100년간의 삶을 살다 간 론섬 조지, 그는 인간에게 말살되지 않고 살아남은 핀타 섬의 마지막 거북 종(種)이었다. 태어나서 죽을 때까지 대한민국에 갇혀 살았던, 그러나 결코 단 한 순간도 대한민국의 동물일 수 없었던 북극곰, 그의 이름은 통키'였'다.

보리, 저마다 깨달은 존재들

길에서 만나는 개들은 내게 모두 보리다. 가족이 없는 개든 집 마당을 벗어나 혼자 산책 나온 개든 이름을 알 수 없으니, 바이칼처럼 지명을 따서 이름을 지어주기도 하지만 나는 그들을 대개 보리라고 부른다. 개만 보리인 것이 아니라 고양이도 보리고 말도 보리다. 언젠가 산 아래 절집 사천왕상 발밑에 누워있던 참새를 손바닥에 품어준 적 있는데, 날개를 다쳐 죽어가던 그 참새도 보리라고 불렀다.

더 넓혀서 말하면, 뉴스나 SNS로 알려진 불에 탄 고양이나 아파트에서 던져진 고양이들, 쓰레기봉지 안에 버려진 어린 강아지들과 오토바이나 자동차에 매달려 끌려가던 나이든 개들도 다 보리였다. 북극곰 통키도, 고속도로에 실려 가던 숱한 닭들도, 산 채로 가슴털을 죄다 뽑혀 내 겨울옷이 되었던 거위들도 저마다 보리였고, 보리이고, 또 보리일 것이다. 우리 집엔 고집불통 보리, 세상의 길 위엔 성격도 생김새도 사연도 다른 수많은 보리들.

집에 돌아와 길 위에서 만난 보리들에 대해 고집불통 보리에게 이야기해주기도 한다. 물론 가엾고 처참한 보리들에 대해서는 구태여 말해주지 않는다. 보리를 집에 두고 혼자 다니며 만난 다른 보리들 이야기에 보리는 샐쭉한다. "흥. 집에 있는 보리에게나 잘 하시지." 이런 반응. 가족이란 역시 서로가 밖에 나가 남들에게 잘 하는 것보다 집 안에서 잘 하는 것을 더 좋아하는 법이다.

누가 화장실에 따라가줄까?

사람들은 반려견 앞에서는 아무것도 숨기려고 하지 않는다. 그럴 필요가 없기 때문이다. 누나가 화장실에 갈 때 따라다닐 수 있는 건 온 세상을 다 뒤진다 해도 오직 나뿐이다. 누나가 화장실에 앉아 있거나 샤워를 할 때도 나는 허락 없이 마음대로 들락거릴 수 있다. 잠을 자다가도 화장실 가는 소리가 들리면 나는 재빨리 일어나 화장실 문 30센티미터쯤 앞에 서서 누나를 지켜봐준다. 내가 왜 그러는지 누나는 늘 궁금해 하지만, 그건 그냥 반려견만의 권리이자 의무다. 화장실이 마당에 있던 시절, 캄캄한 밤중에 막내아이가 화장실에 갈 때를 생각해보라. 형이나 엄마, 할머니가 따라가서 문 밖에서 노래를 불러주며 지켜주던 것과 비슷하다고 생각하면 될 거다. 그 시절을 모르는 이들이라면, 여자 친구들끼리 화장실에 같이 가는 것을 생각하면 이해가 되겠지.

당연한 말이지만, 누나와 나는 같은 침대를 사용하고 함께 산책하고 같은 거실에서 논다. 내 일거수일투족을 일일이 지켜보는 이는 누나밖에 없다. 14년 동안 그래 왔다. 누나의 일거수일투족을 일일이 지켜보는 이도 나뿐이다.

사람들은 집 밖에 나가면 집 안에서와는 조금씩 달라진다. 말하는 것도, 행동하는 것도, 심지어 먹는 모습도 다르다. 집이라는 공간은 집 밖의 어떤 공간과도 다르고, 가족이라는 존재는 세상의 어떤 사람들과도 다른 관계이므로, 집 안팎이 분리되는 것은 이상한 일이 아니다. 나 같은 반려견도 집 안에서는 집 밖에서처럼 아무 데서나 똥오줌을 누지 않는다.

사람들은 집 밖에서는 울고 싶어도 울지 않는다. 웬만해선 소리를 지르는 일도 없다. 누나가 날선 목소리로 "요놈, 또 이럴 거야? 또 이럴 거냐고?"를 반복하며 쥐 잡듯 나를 다그친 것도 집 밖에서가 아니라 늘 집 안에서였다.

사람들은 다른 사람들 앞에서는 의젓하고 교양 있게 행동하며, 모든 것이 아무 문제없이 잘 돌아가고 있는 것처럼 보이려고 애쓴다. 그러므로 설령 누나를 잘 알고 있는 사람이라고 해도 내가 누나를 알고 있는 것만큼은 아니다. 훌쩍이고 울고 웃고 기뻐하고 슬퍼하고 외로워하고 게으름 피우고 투덜대고 화내고 짜증내고 취하고 그리워하고 아파하는 그 모든 순간들을 나는 누나 곁에서 지켜보았다. 함께 사는 가족이 어떤 사람인지 반려견만큼 잘 아는 존재는 이 세상에 없다. 반려견의 책무를 다하기 위해 다만 아무에게도 말하지 않을 뿐이다. 그것이 사람들이 반려견에게는 아무것도 숨기지 않는 이유일 것이다. 사랑하는 사람 앞에서도 하지 않는 말과 행동을 반려견 앞에서는 허물없이 하는 이유일 것이다. 사람들이 반려견을 사랑하는 것도 그래서이고. 반려견의 전 생(生)은 바로 그 사람의 생의 일부다.

콩 먹으면 튼튼해진대

누나는 밥에 든 콩을 좋아하지 않는다. 조카들이 어렸을 때 함께 식사를 할 때면, "콩 먹어야 빨리 크고 똑똑해진대." 하며 누나 밥에 든 콩을 아이들 밥그릇에 가려내곤 했다. 그런 콩을 요즘은 가끔씩 돈을 주고 직접 사온다. 그건 누나도 나이가 들고 철이 들어서 이제 스스로 콩을 먹으려고 하는 게 아니라, 순전히 콩 꼬투리가 예뻐서다.

누나는 주방 바닥에 신문지를 깔아놓고 강낭콩 꼬투리를 가른다. 신기하게도 거기서 붉은 새들이 톡톡 튀어나온다. 어릴 적 국어책에 강낭콩 삼형제 이야기가 있었어. 그중에 한 녀석이 세상 구경을 나갔지. 누나가 옛날이야기를 시작했다. 마당이 생기면 싫어하는 콩을 잔뜩 심어서 일 년에 한 번씩 이맘때가 되면 콩 꼬투리를 가르며 논두렁밭두렁 냄새를 맡아야지. 땅콩도 함께 심어서 막 흙 속에서 꺼내온 생 땅콩도 함께 푹푹 삶아 먹어야지. 꼬투리 깐 콩들은 냉동실에 넣었다가 생각날 때마다 한 번씩 밥에 넣어, 난 한두 개만 먹고 나머지는 다 보리 네 입에 넣어줄 거야.

옛날이야기는 아직 오지 않은 날들에 대한 이야기로 끝났다. 그리고 누나는 매년 비슷한 시기가 되면 꼬투리 콩을 잔뜩 사왔다. 한번은 강낭콩으로, 한번은 완두콩으로. 누나 밥공기에 든 콩은 정말 딱 두 개만 빼고 다 내 입으로 들어왔다. 그때마다 누나는 이 말을 잊지 않는다. “보리야, 콩 먹으면 씩씩하고 튼튼해진대.” 콩을 재빨리 받아 먹으며 나는 생각한다. 누나가 심은 콩을 먹을 수 있는 날은 언제쯤 일까?

양념만 없었어도

생 들기름, 토마토, 아보카도, 자몽, 산딸기, 자두, 천도복숭아, 무화과, 쑥, 허브, 고수, 현미, 두유, 병아리콩, 두릅, 곰치, 표고버섯, 생목이버섯, 올리브, 해초, 새우, 조개, 홍차, 밀크티, 쑥차.......아, 그리고 무엇보다 맥주, 와인, 보드카, 사케.

식탁 앞에서 누나는 이런 것들을 좋아한다.

소고기, 닭고기, 돼지고기, 오리고기, 양고기, 족발, 순대 간, 고구마, 감자, 사과, 복숭아, 껍질 벗긴 토마토, 당근, 무, 오이, 단호박, 달걀노른자, 두부, 치즈, 새우, 연어, 북어채, 병아리콩, 강낭콩, 완두콩, 호랑이콩, 비스킷......... 그리고 누나가 먹는 ‘거의 모든’ 것들. 잎채소와 술은 빼고.

밥그릇 앞에서 나는 이런 것들을 좋아한다.

물론 내가 좋아한다고 해서 누나가 내게 '거의 모든' 것들을 주는 것은 아니다. 초콜릿과 양파, 오징어처럼 개가 먹으면 안 되는 것들이 있다. 무엇보다 누나의 식탁 위에 차려진 음식에는 개에게 좋지 않은 양념들이 그득하니까. 도구를 사용한다든가 언어를 고안했다든가 불을 사용한다든가 하는 것으로 사람과 그 외의 동물을 구분하는 기준을 삼기도 하지만, 내가 볼 때는 사람들이 음식에 '양념'이라 부르는 것을 넣음으로써 다른 동물의 삶과 영원히 결별하게 되었다고 보는 게 더 낫다. 애초에 사람들이 개가 먹는 것을 똑같이 먹는 데 만족했다면, 사람과 개는 지금보다 훨씬 더 서로를 잘 이해하고 소통하는 소울(soul) 반려자가 되었을 텐데.

선택의 자유를 누릴 나이

내가 열두 살이 되면서 누나는 사료를 살짝 물에 불려 주었다. 6개월쯤 그렇게 먹었더니 이빨에 치석이 쌓여갔다. 누나는 그제야 내 사료를 노령견 용으로 바꿀 생각을 해냈다. 인터넷으로 신청해 받은 사료 샘플과 동물병원에서 추천해준 샘플을 더해 총 여섯 종류의 사료를 들고 왔다. 그리고 내게 한 가지 제안을 했다. "네가 먹을 거니까 네가 직접 고르는 거다."

누나는 사료를 두 알씩 접시에 담았다. 이 중 내가 가장 먼저 골라먹는 것으로 바꿔줄 생각이었다. 새로운 사료들에선 비슷하지만 조금씩 다른 냄새가 났다. 접시에 담는 동안 참지 못하고 다가와 살짝 냄새를 맡았더니, 누나는 '기다려'령을 발동한다. 누나가 "기다려."라고 말할 때는 일부러 단호한 어조를 취한다. 누나 체면을 봐서 잠시 대기. 곧 여섯 개의 작은 접시가 내 턱 밑에 놓였다. 자, 이제 내 마음대로 고를 시간.

가까이 다가가서 다시 냄새를 맡아보았다. 새로운 걸 입에 넣을 때는 철부지처럼 함부로 덤벼서는 안 된다. 그러다 약 같이 쓴 것이 입 안에 넘어올 수도 있다. 조심스럽게 킁킁킁. 영 구미가 당기지 않는 사료도 세 개나 있었다. 먹는 것만큼은 웬만해서 유난을 떨지 않는 편이지만, 이젠 좀 더 신중해질 필요가 있다. 나이 들어서 자칫 실수를 했다가는 매끼 맛없는 밥을 먹어야 할 테니까. 냄새만 쓱 맡고는 한 발 물러나 앉았다. 누나는 조금 초조해진 눈빛이다.

10분 후에 누나는 다시 나를 접시 앞에 데려왔다. 올해의 우승 요리를 고르는 셰프의 심정으로 조심스럽게 하나를 골라 입에 넣었다. 병원에서 추천해준 말랑말랑한 반건조 사료다. 누나는 이번엔 접시 순서를 다르게 배열해서 다시 내민다. 나는 역시 같은 사료를 골라 먹었다. 누나는 한 접시에 여섯 가지 사료들을 모두 섞어놓고 또 한 번

접시를 내민다. 예의 그 사료를 혀끝으로 정확하게 골라내어 입 안에 넣었다. 삼세 번 모두 같은 사료로 낙점. 누나는 그제야 안심하는 표정이다. 확실히 이걸로 먹겠다는 거지? 다짐받듯 묻는다. 여섯 가지 사료 중 가격이 다른 사료들의 두 배나 되는 값비싼 사료를 고르지 않았다는 것에 만족했던 거다.

별걸 다 함께

내 나이 13살 가을에 우리는 오래 살던 동네를 떠나서 새로운 동네로 이사를 했다. 어릴 때 누나가 약속했던 것처럼 마당이 있는 집은 아니지만, 아파트 단지 뒤로 야트막한 동산이 있고 반대쪽으로 길 하나를 건너면 천변이 길게 이어지는 곳이다.

새로운 땅에 착륙한 신중한 탐험가처럼 누나와 나는 며칠 동안은 아파트 단지 안에서만 왔다 갔다 했다. 한 달 뒤에 처음으로 단지를 벗어나 천변으로 산책을 갔다. 전에 살던 아파트 단지 뒤편 키 큰 플라타너스 가로수들의 이면도로 냄새가 가을이 되면 좀 그리워질 것 같았지만, 산책하기엔 누가 봐도 이곳이 훨씬 좋은 환경이었다.

이사하던 날 나는 할머니 집에 맡겨져 있다가 다음날 저녁 나를 데리러 온 누나와 함께 새집으로 갔다. 처음 낯선 아파트 단지에 들어설 때, 조수석에 서서 창밖을 내다보던 내가 좀 어리둥절한 표정으로 좌우를 두리번거리는 것을 누나는 놓치지 않았다. 엘리베이터를 타고 집으로 바로 올라가는 대신 나를 안고 아파트 주변을 한 바퀴 돌았다. 해는 져서 이미 어두웠지만, 산책을 나올 때마다 내가 첫 오줌을 누던 화단 모서리나 고양이들과 자주 마주치던 동과 동 사이 좁은 통로 같은 곳은 이제 보이지 않았다. 단지 안의 나무들도, 낮은 관목들도 예전 아파트 단지와는 종류가 다른 것들이었다. 모든 것이 새로웠다. 그동안 집 주변에 부지런히 내 냄새를 묻혀두었건만, 처음부터 다시 시작해야 했다. 새로운 곳을 여행하는 것과 새로운 집에 적응하는 것은 완전히 다른 일이다.

이사를 하고 집 안 정리에 혼자 열흘 넘게 매달려 있던 누나는 심한 기관지염에 걸렸다. 목소리가 아주 이상해져서는 자주 기침을 해댔다. 누나의 기침이 시작되고 며칠 후 나도 목이 아프기 시작했다. 처음엔 목에 뭔가 걸린 것 같았다. 식은 감자 조각이나 사료 알갱이를 급하게 삼켰을 때처럼 목구멍이 간질거렸다. 켁. 게워내고 싶었다. 침 몇 방울이 튀어나왔을 뿐 아무것도 게워지지 않았다. 3일이 지나자 증상이 심해졌다. 누나는 내가 물을 벌컥벌컥 급하게 들이켜서 사래가 들린 거라고 생각했다.

4일째 되던 밤, 누나와 나는 밤새 듀엣으로 기침을 해댔다. 콜록콜록. 케엑케엑. 내가 알기로는 누나가 기관지염에 걸린 건 생전 처음이었고, 누나가 내 기침 소리를 듣는 것도 생전 처음이었다. 그날 밤은 내 기침소리가 훨씬 컸다. 나는 밤새 컥컥거렸고 그때마다 누나는 잠에서 깨어 콜록거리며 내 등을 쓸어주었다.

"기관지협착 초기 증세네요." 다음날 동물병원에 갔을 때, 처음 가는 병원의 처음 보는 남자 수의사가 이렇게 말했다. 그리고 이렇게 덧붙였다. "나이든 요크셔테리어들이 잘 걸리는 병이죠."

누나는 누나의 기관지염이 나에게 옮은 것인가를 두고 누나를 진료한 의사와 나를 진료한 수의사에게 똑같이 물어 보았다. 조류 인플루엔자 같은 것이 아니라면 사람과 개가 서로 바이러스를 전염시키지 않는다는 걸 확인했지만, 하필 같은 때에 둘 다 기관지병이라니. 나이든 요크셔테리어는 그렇다 치고, 누나는 그동안 단 한 번도 걸리지 않던 기관지염에 왜 걸린 걸까? 누나도 나를 처음 만났을 때의 나이는 아니었던 거다.

흰 털의 검은 개

"무슨 생각해? 보리야."

그해 가을, 누나는 걱정스런 얼굴로 내게 물었다. 나는 자주 누나에게서 뚝 떨어져 혼자 앉았다. 누나가 말을 걸어도 쳐다보는 둥 마는 둥 했다. 일부러 그러려고 한 것은 아닌데, 어쩐지 힘이 나지 않았다.

언제부터인지 모르지만 내 아래턱 털은 희끗희끗 변해 있었다. 얼굴에는 누르스름한 빛이 도는 잿빛이 조금 남아있지만 누가 보아도 검은 개는 아니었다. 몸에는 여전히 털이 나지 않는데, 마지막 털이 났을 때를 기억해보니 그때도 이미 원래의 색이 아니었다. 나는 원래 까만 털이 무성한 강아지였는데. 그런 생각을 하니 몸이 자꾸 가라앉는 기분이었다.

변해가네

침대로 올라가는 계단이 있지만 발을 딛고 오르기가 힘들었다. 어둡고 구석진 곳으로 들어가고만 싶었다. 누나 곁으로는 가지 않았다. 누나가 만지려 하면 화를 내고 으르렁거렸다. 이틀이나 의기소침해 있는 나를 보고 누나가 공놀이를 제안했다.

"보리야, 공놀이 할래? 공 찾아와. 보리야."

공을 찾아올 기분 같은 건 생기지 않았다. 그럴 기운이 없었다. 내가 좋아하는 고기 캔을 내주었지만 어쩐지 입맛도 돌지 않았다. 한참 지나서 겨우 한 입, 먹다 말았다.

세상이 예전과는 조금 달라진 것 같았다. 어쩌면 달라진 건 세상이 아니라 나 혼자뿐인지도 모른다. 무엇이 변하고 있는 것일까?

16

열다섯 살 강아지

이상증세

녀석이 이상해졌다. 방안을 왔다 갔다 한다. 평소에 집 안을 어슬렁거리고 베란다에 나가 창밖을 바라보던 때와는 다른 발걸음이다. 어디에도 느긋하게 자리를 잡지 못하더니, 방바닥 한가운데 안절부절못하고 앉아 있다. 불안한 눈빛이다. 새벽 내내 그러기를 반복하다가 간신히 제 집에 들어가 자는가 싶었는데, 금방 일어나 나와서는 또 끄덕끄덕 앉아 있다.

해야 할 일이 있어 책상 앞에 앉으며 보리를 살포시 안아 무릎에 앉혀 놓았다. 다행히 몸을 웅크리고 잠이 든다. 보리가 깰까봐 움직이지도 못하고 같은 자세를 유지하고 있으려니 다리가 저리다.

처음 보는 보리의 이런 모습이 당혹스러웠다. 갑자기 왜 이러는 거지? 어디가 아픈 건가? 혹시 노령견들이 종종 앓는다는 치매가 온 것은 아닐까?

나이를 먹는다는 것

일반적으로 개 나이 여덟 살쯤 되면 노령견으로 분류하는 모양이지만, 보리는 열 살이 지나서도 이전과 크게 다르지 않았다. 기력은 충만하고, 목소리는 우렁차 왕왕 짖어대고, 여전히 제 고집을 피우고, 그러면서도 아무런 사고도 일으키지 않았다. 예전처럼 보리를 차에 태우고 먼 곳까지 데리고 다니지는 않지만, 어쩌다 가까운 여행에 데리고 가면 보리는 여전히 활동적이었다.

열두 살 겨울에 처음으로 조금 이상한 증세를 보였다. 병원에서는 특별히 큰 탈이 난 것이 아니라 나이가 들었기 때문이라고 했다. 항산화제와 관절영양제를 추천해주었다.

해가 바뀌고 추위가 물러간 초봄, 처음으로 종합검진을 받아보기로 했다. 다른 사람들이 몸에 손을 대는 것에 예민한 보리의 성격을 잘 아는 동네병원 수의사는 보리가 스트레스를 받지 않도록 한나절 병원에 두고 천천히 하나씩 검진을 해보겠노라 했다. 병원에 보리를 맡겨두고 혼자 집에 돌아왔다.

집 안이 고요했다. 눈앞에서 잰 발걸음으로 오가던 녀석이 없으니 텅 비어버린 집. 보리가 없었다면 혼자 사는 내 집의 풍경은 지금과는 얼마나 달랐을까? 콩알만 한 녀석이지만, 보리가 있는 풍경은 그렇지 않을 때와는 천지 차이였을 것이다. 마침 택배기사가 물건을 배달하느라 초인종을 눌렀는데, 왕왕 짖어대며 늘 나보다 먼저 달려 나가는 보리가 없으니 이상했다.

오후 늦게 병원에 가서 검진 결과를 들었다. 강아지도 사람이 걸리는 온갖 병에 걸릴 수 있다는 건 알고 있었지만, 보리가 고혈압이라는 건 처음 알았다. 개들에게도 고혈압이란 게 있었구나. 정상수치보다 30mmHg 정도 높게 나오는 건 병원에 와서 흥분하기 때문에 그럴 수도 있다는데, 보리는 그보다 10mmHg 정도 수치가 더 높았다. 간수치도 조금 높게 나왔지만 그건 걱정할 정도는 아니라 했다. 다행히 그 외에는 나이에 비해 건강한 편이라고 했다.

이 녀석, 툭하면 짖어대고 성질부린 이유가 혈압 때문이었던 건가? 술도 안 마시는 녀석이 간수치는 왜 높은 거지? 지난 겨울 컨디션이 좋지 않았던 보리가 큰 문제가 없다니 일단 안심이 됐다. 강아지 건강검진 결과가 정작 내 건강검진보다 더 긴장되다니. 오래된 광고카피 하나가 떠올랐다. 보리야, 성질부려도 좋다. 건강하게만 살아다오.

쫄거나 졸거나

'쫄다'는 말은 국어사전에 없다. '졸다'가 바른말이다. 물이나 찌개 같은 것이 증발하여 부피나 분량이 적어지는 것을 뜻하고, 위협적이거나 압도하는 대상 앞에서 겁을 먹거나 기를 펴지 못하는 것을 뜻하기도 한다. 물이 증발하여 줄어드는 것과 겁을 먹어 사람이 쪼그라드는 것이 같은 단어라니. 두 상태의 연관성이 새삼 놀랍다. 그래도 역시 '졸다'가 아니라 '쫄다'가 더 긴장감 있다. 자장면이 아니라 '짜장면'이어야 더 맛있는 것처럼.

나는 별것도 아닌 일 앞에서 '쪼는' 일이 하나 둘 늘어나고 있다. 일테면, 경사가 급하고 좁은 지하주차장 오르막길에 멈춰 서서 앞차가 나가기를 기다리는 일. 브레이크를 밟고 있다가 액셀로 발을 옮기면 순식간에 차가 뒤로 미끄러질 것만 같은 불안감 같은 것. 한 번은 유난히 좁은 주차장을 빠져나가다가 심장이 벌렁거려 심호흡까지 했다. 초보운전 시절에도 그런 일은 없었는데. 괜스레 '쪼는' 일이 많아지는 것, 이런 게 서서히 나이 들어가는 일인가 싶다. 늙어간다는 것, 그러다 물처럼 증발하는 일.

나보다 먼저 늙어가고 있는 보리는 나처럼 저 홀로 '쫄고' 있는 걸까?

머리싸움의 승자

항산화제 하나, 관절영양제 하나. 다른 약은 몰라도 최소한 이 두 개는 늘 먹여야 한다. 눈 영양제와 유산균은 어쩌다 생각날 때만 주었다. 그런데 보리는 약을 골라내는 실력이 점점 더 늘었다. 한동안은 캡슐을 열어 가루만 캔 위에 뿌려주었는데, 이젠 그것도 통하지 않는다. 최근엔 보리가 좋아하는 치즈 안에 넣어 돌돌 말아주었다. 영양제가 들어있는 줄 모르고 한 번에 꿀꺽 잘 받아먹더니, 며칠 후엔 기어이 치즈말이를 반으로 잘라먹으며 캡슐을 쏙 가려내어 바닥에 뱉어놓았다. 세 번 해서 세 번 실패.

보리 이 녀석, 이제 나보다 머리를 잘 쓰게 된 것인가? 보리 약 먹이는 일에는 늘 새로운 아이디어가 필요하다. 약간의 맛있는 음식과.

찬바람이 불면

열세 살 추석 연휴엔 열두 살 겨울에 보리가 보여준 이상증세가 다시 나타났다. 좀 더 심했다. 보리는 몸이 아플 때 나에게 오지 않는다.

열두 살, 열세 살이 되고서는 금방 잠이 들고 또 금방 사람처럼 코를 골곤 했는데, 몸이 불편해지면 푹 잠이 들지 못하는 것 같았다. 뒤척이는 사람처럼.

캥 캐앵. 혼자서 큰소리로 비명을 질러댔다. 만지지도 않았는데. 멀찌감치 서서 흔들리는 눈으로 나를 쳐다본다. 하필 추석 연휴라서 병원 문을 열기를 기다리며 이틀이나 불안한 마음으로 보리를 지켜볼 수밖에 없었다.

그러는 동안 인터넷으로 노령견과 아픈 개들에 관한 정보를 '폭풍검색'해 보았다. 나이든 개들에게 나타나는 증상과 병에 관한 사례들이 수도 없이 올라와 있어 어지러울 정도였다. 약 이름과 병원 정보는 물론 약 성분, 사료 성분을 일일이 다 알고 있는 견주들이 부지기수였다. 그만큼 아픈 개들이 많다는 뜻이기도 했다. 아픈 가족이 있는 집에서는 누구나 의사가 된다더니. 덜컥 겁이 났다. 나도 그들처럼 할 수 있을까?

정말, 늙어버린 거니?

추석 연휴가 지나고 보리는 7개월 만에 다시 건강검진을 해야 했다. 혈압 높은 보리는 입에 오리주둥이를 차고 피 뽑고 엑스레이 찍으러 들어가서 아주 신경질이 났다. 보리의 건강검진을 기다리는 동안 동물병원의 두 살배기 강아지 레미와 고양이 아롱이는 여기저기 뛰어다니며 둘이서 잘도 놀았다. 사람이나 짐승이나 어린 시절은 이렇게 해낙낙하게 흘러가는데.

엑스레이 결과 기관지협착 초기 증세라고 했다. 혼자서 비명을 지르듯 깽깽거리는 건 아무래도 관절염인 것 같다고 했다. 일단 관절치료제를 받아왔다. 추워지면 병원에 환자들이 많아진다더니, 나이든 개도 날이 추워지면 관절이 시큰시큰 아파오는 걸까?

동네 작은 병원의 수의사는 친절하긴 했지만, "관절염인 것 같아요. 아무래도 나이가 있으니까."로 마무리하는 진단은 어쩐지 미덥지 않았다. 관절염 약을 이틀 먹였는데도 보리의 비명은 여전했다. 수의사가 추천해주는 2차 진료병원에 가서 다시 진료를 받았다. 이번엔 '목디스크일 가능성이 있다'는 진단. 보리가 디스크일 거라고는 생각도 못했다.

2차 진료병원의 수의사는 일주일쯤 목디스크 약을 먹여보고 변화를 보자고 했다. 아아, 어디가 어떻게 아픈지 말 못하는 동물들을 진료하고 진단하는 것은 얼마나 어려운 일일까? '관절염인 것 같다'거나 '목디스크일 가능성'이라거나 '일단 약을 먹여보고'라고밖에는 할 수 없는 일일지도 모른다.

집에 돌아와서 이번엔 강아지 목디스크에 대해 검색해봤다. 갑자기 걷지도 못하고 고개도 못 돌려 병원에 갔더니 목디스크 진단을 받았다는 개들의 사례가 줄줄이 이어졌다. 보리는 다행히 아주 초기인 걸까? 이 정도 초기엔 약을 먹이면 증상이 쉽게 완화되겠지. 막연한 희망으로 인터넷 글을 더 찾아 읽다가 다시 걱정거리가 생겼다. 목디스크 약이 스테로이드 약이라는 사실을 알게 된 거다. 스테로이드 약을 먹였다가 오히려 부작용이 더 심해져 다른 장기에 문제가 생긴 사례, 한방병원에서 침을 맞히는 게 더 좋다는 주장, 그래도 약 먹고 디스크 증상이 많이 좋아져 두어 달 만에 별 탈 없이 스테로이드 약을 끊을 수 있었다는 경험담 등등. 게시판은 온통 제각각이었다. 오리무중이었다. 차라리 아무것도 보지 않았더라면 이렇게 혼란스럽지는 않을 것을!

뒤늦게 저녁밥을 차려 먹는데 평소라면 뭐라도 얻어먹겠다고 식탁 아래서 얼쩡거렸을 보리가 저만치 혼자 웅크리고 누워 있다. 뭔가 문제가 생기고 있다는 불안한 느낌이 엄습했다. 아아, 보리야. 이제 정말, 늙어버린 거니? 그러지 마.......

이런 걸 왜 이제야 알게 되었을까?

병원에 다녀온 후로 보리는 조금씩 기분이 나아지는 듯 했다. 일주일이 지나고 열흘쯤 되자 내가 밥을 먹을 때도 평소처럼 먹을 것을 탐했다. 비명을 질러대는 일도 없어졌다.

처음에 관절염 약을 두어 번 먹였을 뿐. 스테로이드 약은 부작용이 두려워 망설이고 있다가 결국 먹이지 않았다. 순전히 내 '감'이었을 뿐이지만, 어쩐지 디스크는 아닐 것 같아서 조금 더 두고 보는 편이 낫겠다 싶어서였다. 대신 고개 숙여 밥을 먹으면 목에 무리가 될 수 있다는 말을 듣고 인터넷을 검색한 끝에 보리의 목 높이에 맞는 반려견 원목식탁을 하나 장만해주었다. 반려견을 키우면서 이런 것이 있는 줄은 왜 이제야 알게 된 걸까? 깊은 후회와 반성.

점차 컨디션을 회복해가는 보리는 원목식탁 택배상자가 오자 슬금슬금 걸어와 냄새를 맡기 시작했다. 아, 녀석. 택배가 오면 제 것인지 기가 막히게 아는구나. 강아지도 좋아하는 택배상자.

창백한 푸른 점

20대가 지나고 나서 알았다. 꽃을 피워내는 일이 저절로 되는 일이 아님을. 30대가 지나고 나서 알았다. 제 힘을 다해 힘껏 꽃을 피워냈던 것처럼 꽃나무에 꽃이 지는 것도 온 마음을 바쳐 애써서 지는 것임을. 꽃이 피고 머물고 지는 일이 매번 제각기 애써서 견디는 일이라는 것을 40대를 지나면서 점점 더 알게 되는 것이다.

천문학자 칼 세이건(Carl Sagan)이 지구를 두고 '창백한 푸른 점(pale blue dot)'이라고 했다지만, 그건 꼭 우주 공간에서 본 푸른 별 지구만의 이야기는 아닐 것이다. 이 땅에서 애써서 피고 지는 제각기의 생명들이 모두 그렇게 '창백한 푸른 점'들이었다. 아름답게 빛나지만 언젠가는 소멸될 수많을 것들 중 하나. 노인이 된 나의 부모도, 그들을 따라 점차 나이 들어가고 있는 내 자매와 친구들, 나, 그리고 영리하고 고집 센 나의 반려견 보리도.

새 봄

보리는 다시 멀쩡한 모습으로 돌아왔다. 결국 관절염도 목디스크도 아니었다. 그 겨울 무엇이 보리를 괴롭혔는지는 알 수 없다. 사람들은 이럴 때를 대비해 '나이 때문'이라는 말을 고안해두었다.

새로 맞은 봄, 우리는 더 많이 산책을 했다. 목디스크라고 말했던 수의사는 한동안 산책을 하면 안 된다고 했지만, 집에서도 밖에서도 보리는 팔팔하게 뛰어다녔다. 그동안 이사를 해서 새로운 동네를 산책하고 새로운 동물병원에 가서 봄맞이 미용까지 하고 돌아와서는 내 무릎 위에서 곯아 떨어졌다. 새벽까지 술 마시고 들어온 못생긴 남편처럼 거릉거릉 코를 골며 잔다. 나는 그만 발이 저려서, 이 녀석을 깨울까 말까?

나를 찾아줘

열세 살이 되면서 보리는 유난히 내 무릎에 올라오는 일이 잦아졌다. 예전엔 다른 방에서 의젓하게 저 혼자 있는 일도 많았는데. 이젠 내가 방을 옮길 때마다 한사코 따라다닌다. “거기 있어, 금방 올 거야.”라고 해도 10초를 못 참고 따라온다. 내가 보이지 않는 곳에 혼자 남겨지는 것이 싫어진 걸까?

졸졸 따라다니던 보리와 오랜만에 숨바꼭질을 한다. 침대방에서 나와 보리가 쫓아오기 전에 재빨리 주방 식탁 아래 앉는다. 종종종 거실을 가로지르는 잰 발소리. 욕실 쪽으로 간다. 다시 침대방으로 들어가는 발소리. 그리고 다시 욕실 쪽으로. 다른 방으로 들어갔는지 잠깐 발소리가 멀어졌다 다시 가까워진다. 놀이를 하는 건데, 왠지 발소리가 초조하다. 보리 바보. 똑같은 코스만 왔다 갔다 하면 어떡해. 보리야, 이쪽으로도 와봐야지. 5분 넘게 숨어 있는데, 못 찾는다. 보리야, 나 여기 있어. 목소리를 내본다. 잠깐 발소리가 멈춘다. 보리야, 이쪽이야. 다시 힌트를 준다. 가던 방향으로 그냥 뛰어간다.

이제 잘 안 들리는 걸까? 예전처럼 냄새를 잘 맡지 못하게 된 걸까? 머리카락 안 보이게 꼭꼭 숨어있는 것도 아닌데 눈이 잘 안 보이는 걸까? 보리는 한참만에야 내가 있는 곳을 찾아냈다. 예전엔 이렇게 오래 걸리지 않았는데.

대화가 필요해

토요일 점심은 닭고기 안심을 삶아 보리와 사이좋게 나눠 먹는다. 먹기 좋게 쪽쪽 찢은 닭고기 아래에 관절영양제를 숨겨놓은 걸 용케 알아채고 남겨놓았다. 여우 같은 놈. 내 몫의 닭고기를 조금 덜어내 영양제를 돌돌 감싼 살코기 한 점 입에 넣어준다. 뱉을 틈을 주지 않으려 얼른 다른 한 점을 입 앞에 내밀며, "이거 누나가 먹는다." 하고 3초 촌극을 하고 나서야 무사히 꿀꺽.

화요일 아침엔 욕실 앞 매트 위에 똥을 싸놓았다. 드물긴 해도 요즘은 어쩌다 가끔 배변 실수를 한다.

"보리군, 무슨 불만이 있는지 햇살 아래 창가에 앉아 얘기 좀 합시다. 허심탄회하게."

나는 방석 두 개 나란히 놓고 대화 자리를 마련했으나 모른 척 고개를 돌리는 보리. 너, 민망해서 그러는 거지? 괜찮아. 보리야, 엉덩이만 닦자. 웬일로 얌전히 엉덩이를 내놓더니 이내 기세등등하여 산책이나 가자고 떼쓰는, 여전히 내겐 어린 강아지.

날도 좋은데 내가 집에 있는 날은 산책이라도 자주 시켜주자 싶어 한잠 푹 자고 일어난 보리와 동네 한 바퀴 돈다. 밖에 나오면 펄펄 날아다닌다. 개가 날아다니는 동물이었나? 하아, 참. 그 여자에 그 개로구나.

보리는 한 시간 반 넘게 산책하고도 힘이 넘치고 호기심도 왕성해 두리번두리번거린다. 지난 늦가을 관절염과 목디스크를 걱정했던 것이 우스울 지경. 다리 아픈 건 오히려 나다. 나이는 역시 숫자에 불과한 것이었나? 보리야, 그만 집에 좀 갑시다.

철드는 중

집에서는 죽어도 목욕을 하지 않겠노라고 으르렁거리며 악을 쓰는 통에 서로 불필요한 힘을 빼지 않으려고 2년쯤은 동물병원에서 목욕을 시켰다. 매번 비용이 아까웠지만 어쩔 수 없는 일이었다.

이사를 하고 욕실 환경이 바뀌었으니 집 목욕을 시도해 봐도 될 것 같았다. 살짝 안고 욕실로 데려갔다. 첫 날엔 앞발만, 다음번엔 뒷발까지. 그리고 더 지나선 몸에 물을 묻히고 샴푸를 슬쩍. 전처럼 요란스럽게 반항을 하지 않았다. 다음 날엔 산책하고 들어와 비교적 저항이 적은 얼굴부터 살살 시키고, 앞발, 뒷발, 몸통, 엉덩이 순서로 마침내 목욕시키는 데 성공!

한 번씩 손가락을 무는 척하며 으르렁 소리를 내긴 해도 하나도 안

무섭다, 보리야. 세면대에서 떨어졌던 기억을 이젠 어렴풋하게 잊은 것인지, 나이가 들어 힘겨루기가 귀찮아진 것인지 알 수 없다. 어느 쪽이든 다행이다.

목욕도 목욕이지만 목욕 후에 수건으로 닦고 털 말리는 걸 또 싫어해서 실랑이를 벌이곤 했는데, 이번엔 그 대책도 마련해두었다. 거실 바닥에 큰 수건을 두 개 겹쳐 펼쳐놓고 그 안에 보리가 좋아하는 간식을 잘라 넣어주었다. 여기저기 흩어진 간식을 찾아 먹느라 얼굴을 수건 안에 들이밀기도 하고 알아서 발도 닦고 몸도 문지른다. 몸통에 털이 나지 않으니 드라이기로 말릴 필요는 없다. 잠시 간식 찾기 놀이를 하는 것만으로도 건조 끝. 억지로 수건을 들이댈 것이 아니라 진작 이랬어야 했다. 보리가 아니라 역시 사람이 문제였구나. 이제야 철드는 건 보리가 아니라 나였다.

누가 누굴 키우는 걸까?

나는 가끔 어릴 적 살던 집 마당을 떠올린다. 그때마다 우리 집에 있던 강아지며 고양이, 오리 새끼나 새들이 그 이후로 다들 어디로 살러 갔는지 궁금했다. 새장 속에서 탈출해 짝을 두고 혼자 날아가 버린 수놈 잉꼬의 안부도 한참 동안 궁금했다. 돌이켜 보면, 그 어린 짐승들은 사람이 거두어 사람이 키우는 것이 아니었다. 어린 짐승들이

제 생을 바쳐 사람의 한 시절을 키우는 것이었다.

언젠가 베이징 여행을 할 때 보니, 하얗게 나이든 사내들은 우리처럼 개를 데리고 다니는 것이 아니라 새를 넣은 새장을 들고 공원에 나왔다. 손바닥만 한 새들은 이제 삼삼오오 장기를 두는 것 말고는 더는 바쁠 일 없는 노인들의 여생을 보살피고 있었다. 이곳 아파트 단지의 할머니들이 가슴줄도 목줄도 하지 않은 반려견을 데리고 나와 서로 앞서거니 뒤서거니 할 때, 절뚝절뚝 다리를 절면서 남은 생애 속으로 걷고 있는 그들의 시간을 돌보는 것도 사람이 아니라 개다. 보리가 제 평생에 걸쳐 나를 돌보듯이.

강아지 한 마리로부터

웬일인지 요즘 사람들은 '귀엽다'는 말을 예전보다 열두 배는 더 많이 하게 되었다. 그 대상이 어린 아이들만이 아니다. 다 큰 여자나 남자, 심지어 나이든 이들에게도 '귀엽다'는 말은 칭찬의 감탄사로 쓰인다. 어머, 귀여워. 귀여우셔라. 누군가 어린 아이 같은 면을 보여줄 때, 살랑살랑 곰살맞고 애교스러울 때, 의외로 엉뚱하고 어설프지만 친근하게 느껴질 때 등등. 사람이 그러하니 우리보다 작고 귀여운 동물들은 당연히 귀엽다. 화장실 앞에서 나를 지켜주느라 빤히 나를 응시하는 보리를 마주보다가 나 역시 참지 못하고 말한다. “아구구, 귀여워.”

우리는 왜 귀여움의 설탕물에 빠져버린 걸까? 설탕물 항아리 밖에서는 무슨 일이 일어나고 있는 걸까? 귀여워서 강아지를 데려오고, 귀여워서 사랑한다. 계속해서 더욱 더 귀엽기를 바라서 옷을 사 입히고 치장에 공을 들인다. 어떤 이들은 더 이상 귀엽지 않아서 강아지를 버린다. 검은 개나 검은 고양이는 귀엽지 않아서 입양률이 현저히 낮다. 손가락 발가락 하나 움직이는 것도 귀엽던 사람의 아기는 십대가 되고 이십대가 되고 삼십대가 되면 더 이상 귀엽지 않게 되는데, 우리와 함께 사는 개나 고양이들은 왜 평생 귀여움을 요구받아야 할까? 어쩌면 더 이상 귀엽지 않게 되는 것이 자라나는 일이고, 독립된 개체가 되는 일이고, 살아가는 일인데. 강아지거나 고양이거나 토끼이거나 햄스터이거나, 목숨을 가진 한 생명에게 귀여움이라는 미덕은 필요조건도 충분조건도 아니다.

강아지 한 마리로부터 내가 얻을 수 있었던 건 귀여움의 위로라기보다는 (좀 우습게 들릴지는 모르지만) 차라리 광고 같은 ‘커뮤니케이션’의 정수 쪽이라고 하는 편이 낫겠다. 공감과 소통, 끊임없이 내게 말을 걸어주는 존재가 주는 위로. 따지고 보면 카피라이터인 나보다 보리의 커뮤니케이션 의지와 능력이 더 뛰어난 것이다.

한 마리 개와 한 명의 사람이 함께 산다. 15년째. 조금쯤 고독하고,

적당히 고단하고, 충분히 따스한 함께이다. 한 사람과 또 다른 한 사람이 함께 사는 일도 그러할 것이다. 서로 다른 시간을 가진 두 개의 세상이 만나는 일. 우리는 여전히 삐딱하고 아마도 계속해서 서툴 것이다. 다행이다. 우리에게 아직 시간이 있어서.

세상에서 강아지가 사라진다면

보리와 함께 일본영화 '세상에서 고양이가 사라진다면(나가이 아키라(永井聡) 감독, 2016년)'을 봤다. 보고 나니 여러 가지 질문이 따라왔다. 읽을 수 있는 책이 딱 한 권 남았다면 어떤 책을 골라야 할까? 볼 수 있는 영화가 딱 한 편 남았다면 무슨 영화를 선택해야 하나? 여행할 수 있는 곳이 딱 한 곳 남았다면 어디로 가야 하나? 만날 수 있는 사람이 딱 한 명 남았다면, 쓸 수 있는 글이 딱 한 문장 남았다면? 나중에 아주 나중에 보리와 함께 할 수 있는 시간이 딱 하루 남았다면?

답하기 어려운 질문들을 혼자 쏟아내다가 보리를 보고 생각한다. 보리가 만약 사람의 말을 딱 한 마디만 할 수 있다면 무슨 말을 할까? "누나, 사랑해." "누나, 고마워." 같은 말은 좀 뻔하고 간지러울 것 같고. 설마 "누나, 밥 줘."는 아니겠지? 대답을 생각하는 듯 보리의 커다란 눈이 말끄러미 나를 보고 있다. 다시 영화 속에서처럼 묻는다.

"보리야, 내가 하루 더 살기 위해 세상에서 무언가 하나를 없애야 한다면, 넌 뭘 없앨 것 같아?"

그건 뭐, 나는 금방 대답할 수 있을 것 같다. 고양이는 안 되고, 강아지도 물론 안 되고, 사사건건 떼쓰는 미운 정치인 한 명으로 하지 뭐. 보리도 찬성하는 눈빛이었다.

17

에필로그

충분하다

그동안 누나와 많은 곳을 여행했다. 가깝고 먼 곳들. 하지만 열한 살 무렵 바닷가에서 놀다 오는 길에 수술한 뒷다리가 불편해져 좀 절뚝거린 이후로 누나는 장거리 여행에 나를 데려가지 않으려 했다. 나이가 들면서 내가 예전처럼 오랫동안 차를 타고 이동하는 것이 좋지 않을 거라고 생각하는 거다.

산으로 들로 강변으로 시골길로 아무 곳이라도 누나가 나를 데리고 빨빨빨 쏘다니던 때가 좋았다. 처음 가는 너른 장소에서는 도시의 공원과 아파트 산책에서는 맡을 수 없는 수많은 냄새들이 났다. 그때마다 나는 두근거렸다. 신선하고 낮고 깊고 가볍고 무겁고 부드럽고 강인하고 달콤하고 쌉싸래하고 푸르고 그윽하고 비릿하고 신비로운 세상의 모든 냄새. 낯선 곳에서 불어오는 낯선 바람을 좋아하는 건 누나와 내가 꼭 닮았다. 사람들은 왜 '냄새들의 도서관'을 지으려고 하지 않는 걸까? 멀리 여행을 떠나지 못할 때 누나가 이런저런 책을 읽는 것처럼, 세상 곳곳을 다 돌아볼 수 없는 개들을 위한 도서관 하나쯤은 있으면 좋겠다.

길 위를 달리고 있으면 세상의 모든 냄새 속으로 뛰어드는 것 같다. 내 두 귀에 풍덩 소리가 들린다. 누나와 산책하는 것, 누나와 드라이브하며 창문을 활짝 열어놓는 것, 누나와 여행하는 것은 세상에서 가장 행복한 일이다. 예전처럼 오래 두 발로 서서 창밖을 바라보며 달려오는 힘찬 바람을 정면으로 맞는 것은 힘들어졌지만, 그래도 괜찮다. 나이가 더 들어서 내가 길 위를 마구 달리지 못하게 되면 그 길 위에 가만히 멈추어 서있으면 될 거다. 그러면 세상의 모든 냄새를 실은 바람이 다가와 내 털을 흔들고 지나가겠지. 그 길 위에도 아름다운 시간이 오고 갈 거다. 사랑하는 것을 만나고 기억하고 또 오래 남기기 위해서는 멈추어 있을 충분한 시간도 필요한 것이니까.

우린 모두 다른 시간을 산다

누나가 멀리 여행을 가있는 동안 누나의 시간은 내 시간과 달랐다. 모스크바가 아침 7시 5분일 때 서울은 한낮 12시 5분이다. 블라디보스토크는 오후 2시 5분이고, 그때 인도의 뉴델리는 오전 9시 35분이다. 누나가 언젠가 꼭 가보고 싶어 하는 리스본은 새벽 5시 5분이고, 갈라파고스는 밤 10시 5분일 것이다. 우리가 어디에 서있느냐에 따라 시계 속의 시간이 다르듯 같은 8시 20분이라고 해도 우리의 시간은 똑같이 흘러가는 것은 아니다.

올해가 지나면 누나는 한 살 더 먹을 것이고, 나도 열여섯 살 개가 될 거다. 개 나이 열다섯이면 사람 나이로는 팔십대네 구십대네 사람들은 말하지만, 그런 것은 중요하지 않다. 한 살이 되었을 때 내게 그전 해와 다른 일이 일어났고, 아홉 살이 되던 해는 여덟 살이나 일곱 살 때와는 또 다른 새로운 일들이 있었다. 우리는 매년 새로운 시간을 산다. 매달, 매일이 그렇다. 나이의 숫자가 늘어간다고 너무 걱정하거나 놀랄 일은 아니다. 우리는 늙어가는 것이 아니라 살아가고 있는 것이다. 예전에 그랬듯이 줄곧.

그래도 꼭 한마디만 해야 한다면

내 일상은 여전히 흘러가고 있다. 누나와 함께 산책하고, 누나를 졸라서 먹을 것을 나눠 먹고, 일요일 아침이면 함께 텔레비전을 본다. 나는 아침에 눈을 뜨면 누나 입술과 얼굴을 핥아대고, 누나가 화장실 갈 때는 어김없이 따라간다. 슬개골탈구로 양쪽 뒷다리 수술을 하고 까맣던 털은 잿빛으로 흰 색으로 변하고, 피부에 문제가 생겨 목에서 엉덩이까지 몸에는 털이 나지 않지만, 누나가 감자나 고구마를 삶아두고 내게 장난칠 요량으로 '기다려.'를 외치고 시간을 끌면 항의의 목소리로 캉캉 짖어대기도 한다. 물론 아작아작 오이와 당근도 잘 먹는다. 고기 냄새가 날 때면 평소에 잘 먹던 오이와 당근을 받아먹지 않는 것도 여전하다.

새로 이사 온 집은 복도식이 아니라 계단식이어서 엘리베이터에서 내리자마자 딱 두 걸음이면 문 앞이다. 하지만 나는 이제 8번째 버튼이 다 눌려진 다음에도 현관으로 누나를 마중 나가지 않는다. 누나가 현관에서 거실 안으로 들어서며 "보리야, 나 왔어."를 외치면 그제야 몸을 일으켜 뛰어 나간다. 집 안쪽 침대방에 누워 있을 때 누나가 돌아오면 그마저 타이밍을 맞추지 못한다. 누나가 완전히 집 안에 들어와 침대방에 가까워지고 나서야 서둘러 침대에서 내려간다. 가끔은 침대 위에서 짧은 꼬리만 흔들고 있을 때도 있다. 그래도 누나는 서운해 하지 않는다. 나도 미안해하지 않는다. 현관에서든 거실에서든 침대 위에서든 외출했다 돌아온 누나가 하는 일은 역시 나를 번쩍 안아 올리는 것이고, 나는 누나 품에 여전히 얼굴을 비비고 인사를 나눈다.

집 안에서는 어디서든 잘 수 있지만, 밤에는 누나를 따라 침대 위로 올라가 잠을 청하는 것이 좋다. 그래야 누나가 섭섭해 하거나 걱정하지 않는다. 개들은 사람들이 자는 밤에도 몇 번이나 잠을 깨기 때문에 누나와 나란히 같은 방향으로 잠들었다고 해도 아침에는 누나 발밑에 있거나 침대 아래 내 집 안에서 눈을 뜨는 일도 많다. 그 반대의 경우도. 어느 쪽이든 예전엔 내가 늘 먼저 일어나 펄쩍 펄쩍 침대를 오르내리며 누나가 일어나기를 기다렸는데, 요즘은 누나가 먼저 잠에서 깨는 일이 잦아졌다. 갓난 강아지처럼 잠이 많아진 것은 '노령견'에게는 당연한 일이다.

누나가 책상 앞에 앉아있는 동안 나는 설렁설렁 집 안 산책을 한다.

예전만큼 부지런하게는 하지 않는다. 가끔 혼자 생각에 잠겨 있으면 "강아지가 너무 많은 생각을 하면 못써."라고 말하는 누나 때문에 예전만큼 많은 생각을 하지는 않는다. 그렇다고 나의 호기심이 사라졌다거나 사람의 말을 탐구하는 것을 그만 둔 건 아니다.

나도 누나도 동네 산책으로는 성이 차지 않아서, 햇빛과 바람이 적당한 날이 오면 우리는 또 가까운 들판이나 바닷가에 놀러가 마음껏 세상 냄새를 맡고 올 것이다. 그러느라 다음에 다시 내가 태어나면 사람으로 태어날지 말지는 아직 결정하지 못했다. 그건 좀 더 두고 천천히 생각해볼 요량이다.

내가 만일 딱 한 마디만 사람의 말을 할 수 있다면 누나에게 무슨 말을 할까를 두고 누나는 적잖이 궁금한 모양이지만, 강아지인 나는 끝까지 한 마디도 말하지는 않을 작정이다. 다만 내가 사람의 언어로 누나에게 이메일을 보낼 수 있다면, 맨 끝에는 무어라고 적을지만 결정해두었다. 아직 글을 쓸 정도까지는 이르지 못했으니, 아주 짧은 한 줄.

'XO'라고 쓸 거다. 허그 앤 키스(Hug & Kiss).